MISHIMA YUKIO

三 岛 由 纪 夫

作品系列

音乐

译者＝兰立亮

MISHIMA YUKIO

三 岛 由 纪 夫

上海译文出版社

出版者序

　　这份手记是汐见和顺关于女性性感缺乏症的一份病例，取题为《音乐》。尽管隐藏了真实姓名，却是完全基于事实而作。因此，这是一本集中体现汐见氏作为一名医务工作者的那种真诚的科学探索精神和冷静的人性反思的珍贵记录。我们拿到原稿后，尽管没有任何理由对出版犹豫不决，但对于以下两点，还是有人提出意见，认为有必要事先提醒读者注意。

　　第一，他手记中关于女性性问题的那种毫不顾忌、科学家式的处理态度是否会引起读者特别是女性读者的反感。若是文学作品，就不必担心性会受到如此具体的处理，无论好坏，通常会为其蒙上一层装饰性的面纱。性按道理会刺激读者的想象力，但在他的手记中却完全没有这种顾虑。文中若出现了关于性的象征性、神话性的修饰性语言，那全都是些源于患者的胡思乱想或记录人的自身经历。

　　第二，因为他的手记内容过于脱离常识，与正常女性的情感生活相距甚远，所以整本手记恐怕会被视为荒诞不经的创作。但是，我们即便不太情愿，还是不得不承认这些内容全都信而有征，也必须认可它。既然承认了这一点，我们就不得不面对人性那无穷无尽的广度和深度。那未必是令人愉快的景致，因为那是无论怎样的怪物出现都不足为奇的神话之林，具有这种人性之人，不仅仅只有作品中的人物丽子，读者诸姊也必定毫无例外。

汐见和顺述

音　乐

精神分析中女性性感缺乏症一临床病例

一

　　我在日比谷某座大楼四楼开了一家诊所，从开业算起今年马上就到第五个年头了。精神分析医生这一行也从刚开始的鲜为人知，渐渐为世人所知。当然，现在的情形还不能与美国那种繁荣兴盛的局面相提并论，但到了像这样能在市中心地段付着天价房租还可以勉勉强强开下去的程度，不仅对我个人，而且对这一行业来说，都是一件可喜可贺的事情。

　　首先，我将诊所设在市中心，并创造一种任何人都可以轻松来这里咨询生活问题的轻松氛围，这是诊所成功的首要原因。最近一段时间，在下班回家途中，装出让人看手相那样的轻松神情（实际上无法隐藏内心的纠结）随随便便来我诊所的男性上班族和女职员也屡见不鲜。

　　社会发展程度越高，人就越会像齿轮那样被操纵，进而被编入巨大的机构之中且不许反抗。一出现这种状况，我的患者就会与日俱增，这一点显而易见。即便是不像美国人那样与死板的、清教徒式的良心作斗争的日本人，特别是住在城市里的话，也会越来越呈现出神经衰弱的苗头，这一点可以充分考虑到。

因此，正如刚才所言，我的患者中既有男性上班族，也有女职员；既有酒吧女招待，也有无所事事的阔太太；既有电视节目制片人，也有职业棒球选手，即便说涵盖了所有现代高端行业也不为过。

有的患者会经其他患者、医生朋友的介绍来我这里，也有患者不经任何介绍直接前来。不论何种情形，那种在过去来精神病院问诊甚至会有损家族声誉的社会风气已一去不复返了，这是一个大的飞跃。即便如此，来这里和去看牙医截然不同，大部分人或多或少会表现出顾忌世人眼光的样子，但作为最近的一种新倾向令我头疼的是，女性患者格外多，不少患者是为了满足徒劳无益的倾诉癖，也就是所谓的精神裸露症前来找我。

当然，不管什么样的病人，我都会按收费标准足额收取费用。实际上，这也是精神分析疗法的一个环节，目的就是利用金钱所具有的无意识作用来调节患者的精神状态，所以付款也没有采用一次性预付或最后结算，而是规定在每次治疗结束后直接交给心理医生，这一招是我从恩师F博士那里学来的。

这五年间，若要我从为数众多的患者之中列举一个印象最为深刻的患者的话，虽然我有许多重症患者，也有诉说奇特症状的患者，但我还是不能不首先说一说弓川丽子。

正如我之后也会讲的那样，她并不是一位心怀那种可怕的问题来我这里的女性，但在最后，她却让我对人类心灵和肉体的那种匪夷所思感到不寒而栗。

作为一名心理医生，我也碰到过各色病例，本以为自己练就了一副对任何事都能波澜不惊的业务素质，但越是深入了解人的性世

4

界，就越能深刻感受到它的广袤无垠，采用普通手段还真的行不通。在性的世界中，不存在所谓的适合芸芸众生的幸福，我希望读者将这一点铭刻于心。

二

　　我诊所的三个分析室是一种采用了高标准隔音措施的密室，为使患者的自然联想不被多余的刺激干扰，房间里没有放置任何花瓶与匾画，不过，我们在候诊室尽可能营造一种舒适的氛围，窗户也开得很大，并考虑到了和安乐椅、墙体颜色的搭配。杂志架上整整齐齐地摆放着日本和外国的画报，花瓶里的花也一直没有断过。曾有一次黄菊插得很漂亮，但竟被等了太久的患者一气之下吃了，不过，这种情况是例外中的例外。

　　说到菊花我想起来了，弓川丽子第一次来的那天早上，花瓶里就插着菊花，所以，那肯定是秋天某个晴朗的上午。

　　她在前一大就和我电话约好了，所以是我那天的第一个病人。就通话时的印象来看，她那略微低沉的声音带着哭腔，听起来悦耳动听，语调中可以听出一丝不安，却能给人一种正常的印象。她手持一封某医院内科医生开的介绍信，那个医生是我的老朋友，好像从各个方面来看都没有什么棘手的问题。

　　那天早上，我来诊所上班，和助手儿玉、护士山内打完招呼，刚换上白大褂，就到了与弓川丽子约定的时间。她比约定的时间晚了七分钟，来时穿着一件大红外套。她喜欢鲜艳夺目的颜色，在这一点上，隐藏着某种心理性动机[①]。

丽子的美貌令我惊讶，她年约二十四五，与大红外套相反，她脸上化着不太显眼的雅致的淡妆。之所以如此，我想是因为她对自己的长相相当自信的缘故。

她容貌端庄，却没有那种端庄的冷艳；秀美的鼻型使侧颜之美凸显了出来，但她的鼻子也绝非高挺，而是具有一种恰到好处的可爱劲儿；嘴唇丰润饱满，但下巴看上去瘦削纤弱；她的眼睛清澈如水，眼神并没有特别异常之处。

在我走出房间和她打招呼时，她显然想冲我莞尔一笑，但就在那一瞬间，她面部出现了抽搐。

这种面部抽搐毫无疑问是歇斯底里症的先兆，我立刻装作视而不见的样子。那并不是非常严重的抽搐，只是像涟漪一般轻轻闪了两三下便恢复了原来的样子。

丽子内心的慌乱即刻表现了出来。我原以为自己把看到她面部抽搐这一点巧妙地掩饰过去了，没想到她立刻就看穿了。或许这是一个不正经的比喻，这一瞬间的她，具有一种美女一下子被看穿是狐狸变的那样一种情趣。

晚秋时节明亮的窗外，事务所、剧院和酒店这些高楼鳞次栉比，在这个来访的客人无论是谁都会赞叹不已的现代化诊所的候诊室里，浮现出这样的幻想是极为不合时宜的。

我把她请进分析室后，在让她充分明白在此不用担心被人看见、

----

① 心理性动机是与心理需要相联系的动机，是人类以非生理性需要为基础所产生的行为动机。

8

听见之后，请她坐在安乐椅上。这个安乐椅可以调成舒服的躺椅，我面对桌子上的笔记本，装出一副丝毫没有打算将笔记本之类的当回事的样子，轻松地坐在小椅子上。

只剩下我俩后，她用一种令人心情舒畅的声音讲述了自己的情况：

"我从今年夏天开始总觉得食欲不振。因为天热，我也就觉得无计可施。在此期间，有时候会觉得恶心，而且还不止一次。有了一次后就接连不断多次出现那种状态，反反复复，所以我就吃了些药店卖的胃药，但是毫无效果。近来我突然想到而感到非常害怕的一点是，"丽子伸出舌尖稍稍舔了一下上唇，吞吞吐吐地说道，"我是不是怀孕了。"

"你应该出现了可以这样怀疑的情况吧？"我当即问道。

"是的。"

丽子这次的回答毋宁说有点洋洋得意、毫不忌讳："……这些事我随后一件一件说给您听吧。我因此去看了医生，但因为完全没有怀孕的征兆，我被转到了内科的 R 医生处，在那里做了许多检查后也没弄清楚，根据我说的诸多症状，他又把我转到了您这里。"

接卜来，丽子不问自答，开始讲起了她的成长经历和家庭情况，我任由她说。以下是她讲述的内容。

弓川家是甲府市的大财主，到她父亲这一代已经是第十七代，属于名门世家。从市里的女中一毕业，丽子就坚持要上东京的 S 女子大学，在那里过着寄宿生活。大学毕业后，本应按约定立刻回老家，但因为讨厌小时候与自己订下婚约的表哥，所以固执地拒绝回去，以所谓的学习为人处世的名义说服了父亲，在一个一流的贸易公司做了职员。那之后过了两年，如果回乡的话，等待她的就是和讨厌的未婚夫结婚，所以她依旧拖延着不回去，继续过着随心所欲的公寓生活。娇惯她的父亲虽然大发雷霆，但并没有少给她寄钱，这就是她目前的状况。

这种情况相当不错，没有比这更理想的了。公司薪水用作零花钱，不但不用给老家的父母寄钱，还能从他们那里拿到充足的生活费。好像她父亲无法彻底抛弃那种人只要丰衣足食就不会品行恶劣的观念。

……可是，在入秋后，除了前面所说的食欲不振和恶心，像刚才那样的面部抽搐也突然开始出现了。

"非常奇怪，在我自己还没有察觉的时候，脸上好像就提前表现出来了。"

这是一种巧妙的心理性表现，足以证明她的智力，但在说这些话的过程中，她的脸上也出现了抽搐。我觉得丽子试图控制住抽搐而一直保持着僵硬的微笑，像是在对我眨眼示意。这样，想要控制住抽搐之时反而会发生面部抽搐，这就是典型的歇斯底里性反意志在作祟。

这时，丽子突然开口说了句莫名其妙的话：

"医生，不知怎么回事，我听不到音乐！"

三

　　我问她具体情况，她举例说自己尽管听着广播剧，讲解部分听得一清二楚，但唯有背景音乐就像太阳正好被突然遮住了一般从耳边消失了，因此感到非常落寞。对于"那么，你听那种从一开始就只播放音乐的节目会怎样呢"这一问题，她回答说，在自己意识到"啊，音乐要开始了"的一瞬间，就变得无论音量开多大都无法听到了。不久，关于下一首曲子的解说一开始，解说就可以听得很清楚。也就是说，一旦"音乐"这一观念在她脑海中浮现，从那一瞬间开始，音乐就彻底消失了。音乐这一观念抹去了音乐自身。

　　这的确是一种不可思议的谵妄，让我起了立即进行实验的念头。我从护士那里借来了半导体收音机，试着来回转动调频旋钮。一个台正在播放英语讲座，丽子能够清晰地听到讲座内容。

　　进一步转动调频旋钮，某个台突然播放着拉丁风格的喧闹的音乐。此时，丽子的眼睛一瞬间满是怪异的不安与困惑的阴翳，甚至就像在拥挤的机动车道上试图要躲开汽车一般，那绝不是一开始就听不到音乐的眼神，让人觉得她表现出的是"啊！怎么办？听还是不听呢"，那种像是不知如何选择的困惑在发挥作用。但是，片刻之后，她听不到音乐这一点便一目了然。她脸上突然失去了那种鲜活的表情，双眼默默地睁着，眼神显得呆滞空洞。

转瞬间，丽子那清澈的眸子里涌满了泪水……

——我本打算今天不行的话，就从下次开始实施自由联想法。在对方情绪不稳定的这段期间，我认为那种不给对方抗拒心理医生的空子而单刀直入地问询的方式也是一种方法。F博士认为，初诊时病人的症状陈述也应该不依靠医生问询，而应依靠自由联想法，他甚至采用这种将计就计之法取得过卓越的成就。

"刚才你说到了怀孕恐惧，也就是说你现在还在和对方交往着，对吧？"

"嗯！"她出人意料地爽快回答道，好像因为这么一问她反倒如释重负了。

"我进公司后，在同科室的人中有一个男孩非常抢眼，因为大家对他众星捧月，所以我倒觉得很反感，对他表现出一副鄙夷不屑的样子。他是长这样的。"

丽子从手提包里拿出月票夹，从里面取出一张照片。

照片上的青年是一个大学赛艇队队员，在单人艇上，他穿着运动背心和短裤，面带笑容，一只手握着桨，另一只手举了起来。从背心的胸部上的标志一下子就能看出他是赛艇实力强劲的T大学的学生。青年的体格确实很健壮，容貌也是时髦的帅气型，个头看上去也很高，像是具备了所有被女生阿谀逢迎的条件。

"这是他大学时代的照片，但现在他还是一股学生气，在公司里评价也非常好。"

她自己也将脸凑近照片向我说明。

"很不错。"我有点模棱两可地附和道。

接着，根据她的讲述，我了解了事情的经过。在入职后的几个月里，丽子明白了一点，那就是由于自己进了公司，便很快被那些女职员视为竞争对手，这也是理所必然。青年江上隆一是公司的偶像，但尚未有人俘获隆一的心。过了不久，丽子意外地因为冷若冰霜，没有对这个年轻人表现出特别的兴趣而收获了女同事的友情，也成了保卫隆一的死党中的一员。

像这种佯装漠不关心的虚张声势、女同事之间的相互约束，反而容易培养一种特殊感情。所以，丽子即便不情愿，也无法做到置身事外而不再关注隆一。之后，她不知不觉爱上了隆一。

四

　　我并非为了写小说而在此记述，之后发生的事，我觉得可以简明扼要地写一写。

　　也就是说，隆一和丽子在公司之外的地方偶然相遇，以此为契机，二人关系迅速升温，年轻人向丽子表明心迹，说自打丽子来公司时起自己便对她心存好感。隆一并非拈花弄柳之徒，也非八面玲珑之辈，这一点丽子也通过这几个月的所见所闻得以证实，所以，丽子很快便相信了这一爱的表白，而且，对于已经喜欢上隆一的她来说，幸福的感觉就像做梦一般。

　　为了不被公司知道，二人谨小慎微地幽会着，在交往的第二个月，丽子就以身相许了，这以身相许的方式从她说话的逻辑来看有点唐突。

　　"这种事你是第一次做吗？"

　　"您说这话的意思是？"

　　"这对你来说是有生以来第一次性体验吗？"

　　丽子一时无语，眼神黯淡无光，脸上又闪现出犹如不祥的闪电那样的抽搐。

"还是全部说出来比较好呀！当江上提出要和我发生关系时，我当时那种心烦意乱，还真够受的！

"我也是规规矩矩人家出来的姑娘，所以在那方面还是非常保守的，学生时代也交过几个男朋友，但还是坚守着贞操底线。只是认识江上后，我尽管和普通人一样梦想着结婚，但我越喜欢江上就越害怕结婚，一想到要让对方觉得自己冰清玉洁这样一种心态崩溃后的后果，我心中就充满了恐惧。

"说实话，我在少女时代被那个讨厌的未婚夫夺去了清白……因此，我更加讨厌那个人，来东京上大学也是为了逃避他，这一点我之前也给您讲过。

"如果这件事在和江上结婚之后露馅的话，我还不如死了算了，我越想越钻牛角尖。那时，在江上不以结婚为前提提出那种要求时，或许在他看来，反正我不会答应他的要求，就略略猜一猜我的心思，但对于真心爱上江上的我来说，就觉得这是一个机会。接下来……接下来……经过多次内心挣扎，我最终还是从了江上。那时，估计江上很快发现了我不是处子之身，但他对此缄口不言，这反倒刺痛了我的自尊心。之后他也什么都没说，这越发引起了我的猜忌，认为他现在不说，肯定是以后我逼他结婚时，他就会拿此事作挡箭牌。我觉得这并不是自己不靠谱的猜疑，因为那之后江上一次也没提过结婚的事情。

"我就这样拖拖拉拉和江上交往了一年左右，从今年夏天开始，就出现了像刚才所说的那样的症状……这事令我伤感，然而我现在还是很爱江上，远比以前更爱他。自己将被他拖到何处去，我对此惶恐不安。"

——不用说，我的诊所不是个人问题咨询处。因此，这种问题倒不如写信给报纸的私人问题交流栏目更好。实际上，这种程度的爱情故事司空见惯，甚至令人怀疑能否刊登在私人问题交流栏目上，但我对她讲述此事时那条理清晰的谈吐产生了疑问。能够如此思路清晰地讲述自己恋爱经历的女性竟被歇斯底里症所困扰，这种事有点匪夷所思。抽搐自不必说，食欲不振和多次的恶心丝毫不是内科疾病引起的，肯定是歇斯底里综合征，我对这一点心知肚明。

在美国，每天或每隔一天采用精神分析疗法治疗的情况很多，但在日本，最初通常是一周一次，每次一个小时。今天从十点到十一点这段时间为她空了出来，下周同一时间的早上十点到十一点也要为她空着。患者也要对预约好的时间负责任，即便情非得已缺席，也被要求如实支付这一时间的费用。

丽子的初诊时间到此结束，所以我收取了包含初诊费在内的费用，让她回去了。

五

就这样，我与丽子的第二次会面就理所当然定在了下一周的同一天同一时间，但在初诊后第五天，我收到了她的快信，信里说不能来进行第二次治疗了。

信的内容如下。

汐见医生：

实际上，既然这段时间我鼓起勇气拜访您，就一直想着通过向您倾诉长久以来积聚在心中的烦恼，使身心变得轻松愉快。然而，从拜访您的第二天开始，却出现了相反的结果。医生，这是怎么回事呢？

我的脸也从第二天起不停地抽搐，我刚想要使抽搐停下来，症状就会变本加厉，所以我一直没去公司上班。吃饭我也是看到食物就厌烦，然而一想到不吃饭就活不下去，就尽义务似的吃着，结果还出现了吃完后立刻感到恶心，吐得一干二净的状况。一看到这种结果，我不知道下次再去您那里后还会出现多么强烈的反作用，想到这点我就惶惶不安。好不容易和您约好了时间，但下周三我想请您允许我停一次。

　　实际上，之前有一件重要的事情我故意对您有所保留，因为不管怎样我都没有勇气向初次见面的医生谈到那种程度。或许对那没说的事情一直牵肠挂肚而引起了如此严重的症状。我就这样进行着自我诊断，即便如此，我还是打算向您坦白一切，但若是我因这鸡毛蒜皮的小事反倒受到良心谴责，您会不会认为我的坦白没有意义呢？

　　虽然这封信乍一看像是写得平心静气，但结尾处却明显出现了矛盾。说着"一件重要的事情"，但随之便改口为"鸡毛蒜皮的小事"。

　　还有，她在住址处特意写了公寓的电话号码，这一点和信的主要内容相反，又表现出想要来我这里的意图。她倒是想来，却想方设法让我巴望她第二次来。

　　我接触到了这个女人那呈现出强烈自我意识的一面，这一点在初次见面时并没怎么感受到。虽然仅仅见过一面，但她已经开始挑战我这位精神分析医生了。许多症状的加重可能是事实，但症状加重本身就暗含着向我挑战的用心。

　　我即刻打电话给她居住的公寓，她不在。下午又打了一次，仍被告知不在家。我猜想她打算接我第三次打的电话。果不出所料，下午五点我第三次打给她时，她立刻接听了，解释道："我出门了，刚从外面回来。"

　　我对这样的花招已经见惯不怪，就沉着冷静、毕恭毕敬地请她后天一定如约前来。

"症状一时加重属正常反应，不仅完全没必要担心，反而能证明初诊有了效果。不管怎样，只做一次治疗太可惜了，所以我请你后天一定要来，虽然会很痛苦。"

"您盼着我去拜访您吗？"她用嘶哑的声音故意暧昧地问道。

"嗯，当然盼着啦。"

"真的吗？……不过，那好吧，我去好啦。"

——果然，丽子如约而至，这次她穿了件与上次截然不同的朴素的灰色大衣，西装也是灰色的。

一被领进分析室，她就心烦意乱，坐立不安。接下来，她终于开口这样说道：

"虽然有点难为情，但我认为不说这件事的话，还是无法让您理解我，所以我要告诉您。医生，请您不要看我的脸，您面对着墙……嗯，好了，这就行了。

"我呀，和江上交往没有任何感觉，一次都没有。江上非常迷人，身体壮硕，是我特别喜欢的类型。而且，有一点迄今为止我从未说起过，那就是他过去和公司之外的女性打得火热，在讨女人欢心以及房事方面都非常得心应手。即便如此，我没有任何感觉。尽管我想着下次在一起就会有感觉，但还是毫无改观。有一次，他因那种事而感到疲惫，一副扫兴的样子。自那次以来，我要弄各种小伎俩，勉强装出一副有感觉的样子，但那也不是长久之计，只会让我变得可怜又滑稽。说来说去我最担心的，是他会因此嫌弃我。'一旦女人感觉不到高潮，男人就会很伤自尊心而怪罪女人。'我曾经在某本读物上看到过这句话呢！他曾有一次做完这种事之后闹着玩儿似的调侃道：'你真的很爱我吗？'被他这么一说，我万分痛苦，满腔悲愤，因为我是多么爱他！甚至快要发狂的程度。可是，一到关键时刻，我的反应却事与愿违，我不知如何是好。

"就在我闷闷不乐地想着这种事的时候，从夏天开始，许多毛病就出现了，所以我知道原因，完全知道原因。即便您没有对我进行精神分析，我也完全知道病因所在，您只要让我有感觉就行啦！我是为此才来拜访您的，只要我能感受到高潮的话，病应该一下子就会消失的呀！"

我让她随便说，一回头看到她的脸，发现她面红耳赤，目光炯炯，即便这次我直直盯着她看，她的脸颊上也没有出现一丝抽搐。接下来，她即刻接着话茬说出了令我瞠目结舌的事情：

"前些日子，我跟您说过我听不见音乐。"

"嗯。"

"那是谎话。"

"谎话？"

"不过，我并非有什么特别的恶意，只是想试探一下医生，这样。

"只是因为我无论如何也说不出'自己感受不到高潮'那样的话，所以才想请您通过那种表达方式来判断我的想法。您根本没有凭借那一点察觉到我的想法，所以，不好意思，之后我就觉得人不可貌相，医生您是一个纯真无邪的人啊！"

"戏弄医生可不行！"

我哭笑不得，但丽子却因为这样的胜利而忘乎所以地变得活泼开朗了。

"仅仅说了这些话，我就感到神清气爽了呢！近来没有出现过这

22

种让我心情愉快的事情。或许我会因此而完全康复吧。"

与弗洛伊德发表歇斯底里症研究成果之时相比，精神分析疗法经过诸多改良和推进，从十九世纪末催眠术万能的时代，经过多个阶段，发展成如今所看到的这种复杂缜密、耗费时间的方法。即便这种疗法解释了某种症状隐含的意义，并将之告知患者，但也未必能采用这一方法来使构成病因的情感获得释然，使病得以治愈。当今的自由联想法就是由此出发而得以完善的。所以，像她那样知性且具有强烈自我意识的女性通过自我分析而获得的解释，在很多情况下非但对治愈于事无补，甚至是有害无益。

而且，她用的比喻过于浅显，解释过于平淡，对此我极为不满。她认为自己说"听不见音乐"仅仅是说谎而已，但果真如此吗？音乐难道只是性高潮的美丽象征吗？或者在她所说的"音乐"和她所渴望的性高潮之间，难道不是存在着用普通办法解决不了的隐含的象征关系吗？……这些都是我最初持有的疑问。

我当即决定用剩下的五十分钟对她进行自由联想法首次治疗。

六

分析室的椅子宽敞舒适，可以调节成三段，经常被我调节成仰面平躺的角度。我让丽子背部约呈四十五度角躺着，使她面对空无一物的灰色墙壁和天花板。

我坐在躺椅枕边位置的小椅子上，所以，丽子当然看不到我。

"可以了吗？"我用沉稳而又值得信赖的声音（我对这种声音特质多少有些自信）开始说道，"我希望你将脑海里呈现的东西如实讲出来，请答应我要完全抛弃以下这样的想法：

（1）说这样的事很无聊。

（2）这样的事和当前的病没关系。

（3）这样的事说出来会很丢人。

（4）说这样的事情很不开心。

（5）觉得说这样的事会惹医生生气。

行吗？请将这五点完全从脑海里抹去。"

"好的。"

丽子乖乖地答道。她的回答明确地表现出她要全心全意配合我进行治疗的决心，这让我安下心来。与此同时，在短短一瞬间，那种"她委身于让她没有任何快感的英俊男友之时，会不会也是这种情形呢？"的疑问掠过我的心头。

"喏，比如说这种情况，你去乡下看风景，有水田、旱田；山岗上有树林；有两三栋房子；老鹰在天空盘旋。你将这些映入眼帘、浮现在心中的景象原原本本说出来就行了。比如看到蓄粪池啦，还有飞机取代了老鹰在飞啦，一个女人穿着与乡村景色格格不入的貂皮大衣在田埂上走啦等……顺序什么的一概不要挂在心上，一个接一个向我汇报就行。

"请将你自己想象成只是一个汇报人、传达人，不要在讲述期间加入自己的判断，不要根据自己的判断去梳理或歪曲事物。那么，可以开始了吧。"

"是的。"

丽子犹如一个下了决心要接受某种可怕手术的患者一般在躺椅上合上了眼。从她头顶望去，她那排列整齐的美丽的长睫毛在脸颊上投下了影子，那张脸看起来宛如圣女一般。

"有一个大仓库……我就要走进去……是小俊家的仓库，因为房子很旧……小俊——也就是后来成为我未婚夫的表哥——说给我看一个有趣的东西，所以我要进去……不过，最终我没往里走就出来了……因为有点害怕，说不清为什么……接下来我独自一人拿着剪刀咔嚓咔嚓地用蓝色的手工纸做剪纸工艺品。我那时是一个留着娃娃头的小孩，是个手巧的孩子呢……我不断地剪下去，无论怎么剪，蓝色的手工纸绵绵不绝，无论怎么拉扯，都拉不到头……就是这样的！我一直剪下去。不久，蓝色的手工纸就这样和蓝天连在了一起。这一点我很清楚，仍然用剪刀剪啊，剪啊。此时，天空裂开，从裂缝中，哎呀！突然出现了令人害怕的东西……"

丽子像是大喊大叫一般一说出口，就用双手捂住了脸。

"什么很可怕？无论是什么请说出来！说出来的话就不害怕了。"

"牛……"

"牛？怎么了？"

"牛冲我跑来。它气势汹汹，一路扬尘直奔过来。那两个犄角……不，不是犄角，它有着一种更加令人讨厌的形状……是的，不是犄角，两个都具有人类男性那玩意儿的形状。

"那玩意儿……一来到我面前就突然消失得无影无踪。不知不觉间，我成长为一个女学生。朋友们谈起那种事的时候，我无论如何都无法相信，说了句：'做那种事的话，身体就会出状况，必须得去医院吧。'从而被朋友们嘲笑。关于这一点，我有一种非常奇怪的想法，就是觉得存在着一种下半身是用铁做成的女人，她诱惑男人靠近，用大腿之力将其勒死。这种想法或许来自某个西方童话故事，但我却总是承担着像擦皮鞋一般必须将她的下半身擦得锃亮的任务。原因我并不清楚，沾满尘土的汽车和布满灰尘的鞋子一样被视作耻辱，这个铁打的下半身似乎也是如此。要涂上油……是啊，涂上某种散发着香味的油来擦拭它。

"对我来说无法理解的是，那是一条陌生的街道，好像不是我出生的那条街……在学西式服装裁剪的学校的教师办公室，我与一个过了婚期的单身女老师吵了一架，就这样从学校跑了出去……但是，我没有上过学西式裁剪的学校，也没和老师吵过架……说到西式裁剪，那就是剪刀呀。对了！我明白了。刚才的铁打的下半身就是剪刀。剪刀锈迹斑斑，不太好用，伯母就告诉我说涂点油就好了。没有合适的油，伯母就借给我一种进口的发油。对了，我知道伯母瞒着伯父有一个情人，在一个夏天的晚上……"

"一个夏天的晚上？"

丽子呆呆地看向天花板，沉默了一会儿。

"您看到什么了吗？"

"看到了啊。"

"是什么呢……"

"不，什么都没看到。"

丽子突然捂着脸哭了起来。

……

坦率地讲，不得不说这第一次的自由联想法治疗以失败告终。因为丽子虽然看起来像是能那样轻松地将身心投入其中，实则暗含着强烈的抵触，而且为了掩饰自己所隐藏的事情，她用巧妙复杂的手段过度使用了不靠谱的性象征。在此，很明显她的矫揉造作发挥了作用，行为和无意识，以一种不可思议的情形混杂在了一起。

她对精神分析了解得太多了！

因此，第一次治疗后，我俩约好，就第一次自由联想的内容，丽子要将她难以启齿的内容详细写于信中寄给我。

七

　　我每次都郑重其事地向丽子收取治疗费，即使她内心中存在着"半是取笑"的想法，但这点我当然满不在乎。我毋宁说只被她那轻微的歇斯底里症征兆吸引了，对她诉说的主要症状性感缺乏症并没觉得是至关重要的。

　　我再次重读威廉·斯特科[①]的著作，他从丰富的临床经验出发透彻地论述性感缺乏症，令我意识到社会上被笼统地称为性感缺乏症的这一病名是多么含义丰富，多么错综复杂。而且，令我叹为观止的是，在一九二〇年出版的这一经典名著中，随处可见已成为现代美国医学新潮流的身心医学的原理性基础。

　　威廉·斯特科甚至断言，现代是性功能障碍的时代，处于文化上层的大多数男人都相应患有阳痿，大多数女人都患有性感缺乏症。而且，他还说，自己坚持认为个人文化修养越低性生活就越能过得美满充实。但这种情况也并非是因为"动物性的顽强的生活能力"，而是因为性功能只是"植物性"的，因为它完全只不过是"脊髓的

---

① Wilhelm Stekel（1868—1940），奥地利心理学家，代表作有《爱的伪装》《性变态》等。

功能"而已……

她骗我说"听不到音乐",这种话难道不是挖苦动不动就无法听到"音乐"的所有现代人吗?

我在此稍稍转移一下话题,也不得不讲讲我自己那难以启齿的私生活。

我现在还没有结婚,并不是因为我是一个阳痿患者或是一个性变态者。护士明美是我女朋友,长期以来,我们几乎像夫妇那样交往着,但从未同居。山内明美还很年轻,与丽子不同,她的脸庞就像用粗笔一笔绘成般简洁明快,是个引人注目的娃娃脸,非常讨男人喜欢。对患者就不用说了,对我拈花惹草的对象,她也从未表现出嫉妒,但她好像仅对丽子一人从一开始就非常反感。

"总觉得那个患者令人讨厌呢!"对待工作本该十分冷静的明美在与丽子第一次见面过后说道,"我总觉得与她合不来,感觉像是被她骗了一般……"

"患者就爱撒谎嘛!他们因自己的谎言而痛苦不堪才来这里的呀!也就是说,谎言编织得越是精巧,病情也就相应地越严重。而且,如果一直规规矩矩地收取治疗费的话,你大概就不会再像这样考虑被骗之类的事情了吧。估计不会有那种为了搞金蝉脱壳式的诈骗而特意来接受精神分析治疗的家伙吧?"

事情就此告一段落,但明美得知音乐之事是谎言之后,越发讨厌丽子了。

我与明美的性生活没有任何障碍,明美仅仅是为了维持自由之身才害怕怀上孩子而已,她非但没有表现出丝毫神经官能症的征兆,毋宁说倒是一个具有敏感肉体的女人。

一天晚上，我俩说私房话，明美开场就说自己过去相信，自己的身体除了肉体的交合和愉悦外都是自由的，但认识丽子后，就不再是那个样子了，她接下来这样说道：

"我自从认识那个女人之后，不知为什么不由自主地觉得自己很下流，令我很伤脑筋呢！她来诊所一给我打招呼，那一瞬间，我的眼睛就晃得生疼，觉得对方就是这样看待自己的，真是没治了！

"'怎么回事啊？这个女人虽然穿着白色护士服装模作样的，但透过护士服就能够看到的，也只不过是男人轻轻一碰便会"啊啊"呻吟，整个身体飘飘欲仙的普通女人庸俗的身体啊！'

"我觉得她好像就是这么说的，从而感到毛骨悚然。她的性感缺乏症有点像纯白锃亮的新款电冰箱，太可惜了呀！总之，按理说我一直只注重精神自由而生活过来的，但一来到她面前，我就觉得此人不仅精神，连身体也是不受任何东西拘束的啊！从而感觉自己被她看扁了。"

她那悲悲切切的诉说向我暗示了一种相当棘手的状况。我看准了明美作为女人所具有的"不愿结婚""不吃醋"这样一些确实少见的特征，本打算确保我个人的自由，维持着那种确实压抑较少的现代男女关系，同时也向她充分灌输"精神自由"的价值，但若超过一定程度，让她领悟到错误的肉体自由就麻烦了。于是，我苦口婆心地努力矫正她的错误：

"不是这样的啊，明美。有自卑感且失去自由的，难道不是对方吗？所谓的女性自由，难道不应该就是女人的身体激情燃烧，进而从中发现作为一个完整的人的愉悦，并从这一认识开始的吗？请你想一想，她该多么向往'普通女人庸俗'的身体啊！你应该不是觉察不到这一点的人呀！

"而且，所谓的她精神自由与肉体自由二者兼备这一点，是你胡思乱想了。肉体上的事与愿违让她失去了精神的自由，从而将精神自由仅仅看作徒劳无功的挣扎、无济于事的努力。患了性感缺乏症的女性总是在焦虑，以为换个男人就能得到高潮，表面上看她们是自由的女人，但再也没有比她们更不自由、更不幸的女人了，难道不是吗？"

我那富有逻辑性的解释似乎让明美深深理解了，不过，患了性感缺乏症的女人在俘获男人的同时不为男人所缚这一点就像优美诗歌中的一句诗一般，令明美如痴如醉，她觉得这一点就像在恋爱中一方获得了压倒性的胜利。

最后，我厉声训斥她道：

"那么，你是想得歇斯底里症吗？你希望用那种抽搐来博得人的同情吗？"

就这样，明美总算俯首听命了。当天夜里，明美像往常一样在我怀里发出了欢愉的叫声，但随后便毫无意义地抽泣了一会儿。若说正是丽子使健康女性出现认为自己的健康毫无用处等令人担忧的状态，我不由得对性感缺乏症这一被掩盖起来的精神障碍那如冰冷的毒药一般对病人自身和他人施加的作用不寒而栗。

……坦白地说，我那天晚上实际上也受到了比明美还要严重的奇怪的影响。

在性爱过程中的某一瞬间，我听到一种嘶哑的声音，像是唱片的音乐播放完毕之后，唱针轻轻摩擦盘面那未录声音的沟槽，不停转动而发出的。那种沟槽在无限轨道上滑过，嘶哑的回声无休无止，当我的耳朵捕捉到它的时候，不由得觉得只有这种嘶哑的声音从很久以前就一直绵延不绝。如此说来，唱片中音乐部分的结束，好像发生在遥远得连我的记忆都无法追溯的很久以前，因为音乐很早以前就已荡然无存了。

我一瞬间感受到了这一点，急忙摇了摇头，从胡思乱想中回过神来，再次专注于当前的性爱之中。当然，我的卧室里根本没有留声机，也没有唱片在播放。

八

丽子来信了。

汐见医生：

　　前些日子真是失礼了。您给了我那么诚恳的提醒，可我还是觉得好像无法虚心坦然地讲出来，我对这个样子的自己深恶痛绝。

　　那时我所讲的剪刀之事，在我的记忆中实际上是历历在目的，我却故意拐弯抹角地讲给您听。

　　孩提时大家都在小俊家的仓房前面玩耍，一个小孩拿来一把剪刀，说要剪去玩石头剪刀布游戏输的那个人的那玩意儿，我是当时在场的唯一一个女孩子，而且第一个就输了。小俊可怜我要制止这一行为，但拿剪刀的孩子不答应。我嚎啕大哭，他们根本不顾忌我的情绪，一起按着我扒掉了我的内裤。那时，坏孩子将冰凉的剪刀用力贴在我的大腿上（啊！现在我还能回忆起那令人毛骨悚然的触觉），他用左手不停地抚摸我的身体，完了之后说道：

"怎么回事啊，什么都没有，或许她因为总是输家而早早被剪掉了吧。"

于是大家一起唱着起哄道：

"输家，输家，一直输。很久很久前，鸡鸡被剪掉，再也长不出！"

当时的悔恨与恐惧在事后仍挥之不去，我甚至想过趁那些欺负我的孩子们晚上睡着时，自己偷偷拿着剪刀转到各家，将他们的全部剪掉。

接下来牛的事情，是发生在上述剪刀事件之后不久，在甲府近郊发生了受惊的牛用牛角将一个农民顶死的事件。当时我还是个孩子，听说了这件事的我就察觉到牛角很像剪刀，所谓的牛角像剪刀也就是和男人那玩意儿相似。

我将剪东西的工具和被剪的东西联想成相同的东西，虽然觉得不可思议，但不管怎样我都是这种感觉。剪刀原本也是因为我害怕那玩意儿才要用来剪掉它的，所以，令人害怕的东西或许原本就像剪刀这一联想，作为小孩子的感受，难道不是可能存在的吗？

那之后我最终没向您说出口的事情就是，像千金小姐一般被无微不至地抚养成人的我，实际上很早就有了性意识。岂止是性意识，我甚至亲眼看到过性行为。

那是小学四年级时候，征得家里同意，我在暑假被特别疼我的伯母带着去升仙峡玩了两三天。现在想来，有一位同住的客人已经和伯母串通好而事先来到了此地。一天晚上，他不知我在装睡，就悄悄钻进了伯母的被窝。

我只是吓了一跳，但不知为什么断定自己还是装睡比较好。一开始我无法相信人竟然会做出如此动物般的行径，但是，医生，真是很奇怪啊，小孩子不管多小，也拥有某种说服本能的能力。

不过，一想到成人之后必须要做那种事，我就刻骨铭心地感受到一种讨厌自己长大的情绪。这是一个革命性的事件，犹如迄今为止我所仰慕的成人世界突然轰隆一声土崩瓦解了一般。看上去表情痛苦的伯母也好，男人也好，情不自禁地说了些甜言蜜语。我总觉得他们这样子像是心有不甘，有些地方分不清他们说的是真话还是谎言。

小孩子看到了与端庄的举止背道而驰的行为该如何是好呢？因为我非常看重自己举止端庄这一名声，所以开始坚信关于性的事情一定会使我颜面尽失。我看到伯母的脸从枕头上滑落下来，上面满是汗珠，慵懒地耷拉着，脸上浮现出极其淫荡的表情，和平日温柔的伯母判若两人。仅看到这一幕，就足以令我对这一想法深信不疑了。

医生，请您原谅我今天就此搁笔。我仅仅写到这里，就因为精神疲劳而心力交瘁了。

……

我将这封信又仔仔细细阅读了一遍后给她写了封回信，但这不能说是一件让人兴致盎然的工作，因为我觉察到她像是已经预料到我的全部答复而事先做好了嘲笑我的准备。

"你的信中尚未表达清楚，"我首先威慑似的写道，"我可以认为你具有一种与幼儿禁止手淫相关的充满恐怖的记忆，这一记忆反过来转化为以剪刀为主题的阉割情结。这个剪刀的插曲过于典型，说难听点就是太平庸了，所以，这是你确切的记忆呢，还是你为了随后便于从性方面进行解释而补充的插曲呢？这一部分我不是很明白。

"你从现在的症状出发，试图将过去所有的记忆重构为性的记忆，老实说，我不喜欢你这一倾向。即便是牛角，在你幼时的记忆中也并非是关于性的东西。你在离乳期不得不脱离母亲的乳房，在被人用金属汤匙或筷子喂食时感受到一种不适应感，对在这种不适应感中被不合理地敦促着长大成人这一点感到愤怒，或许牛角和你的不适应感以及那种愤怒有关。被激怒的牛，也就是因要被迫脱离婴儿期而愤恨不平的你自己。

"但是，剪刀和阴茎，也就是剪东西的工具和被剪的东西，被你联想成同一样东西，这一点很不可思议。你的这种情感流露是这封信中最真实的部分。在此，潜藏着你无论如何都不愿接受男女性别差异的那种心结。你不知何种原因沉浸在男女平权这种强烈的想法之中，不认同女人的宿命，认为只有男人是攻击者这一点不公平，那种不愿输给男性的心情从小时候起就非常强烈。总之，你想在任何方面都要男女平等。现在拜读你的来信，我就明白你虽然非常有女人味，但小时候或许是一个像乔治·桑那样的'穿着裤子的女强人'。

"说到是什么让你成为这样的人这一点，首先能够想到的是你有一个与你争夺母亲的兄弟。

"你身边是否存在一个相互激烈抢夺母亲奶水的弟弟或者是双胞胎哥哥？这个问题请在下次见面时答复我。

"接下来关于你伯母男女之事的记忆，那不过是一个插曲，很好地反映了你那让问题过于复杂化的性格，据说目睹亲人的性行为往往会导致严重的外伤性精神障碍，但也未必如此。我觉得你对我隐瞒了一些事，对小学四年级的你来说，类似这种看到性行为的事情，好像并不是你第一次经历。

"或许我这种像是相当直观的说话方式会令你不快，但即便精神分析疗法，也并非完全排除直观而成立。我认为虽然我们要尽可能地采取科学的客观方法，但将其一下子结合起来的力量还是直观之力。

"那么，我期待着我们第三次见面。"

九

当我抬头看到墙上的日历，正想着明天就是约见丽子之日的时候，一个奇怪的客人来到了午后难得清闲的诊所。

我来到候诊室，抽着烟茫然地眺望着窗下的人群以及大得离奇的电影首映广告牌，看到许多广告气球飘浮在这个秋季午后的晴空之中。广告气球这种原始的广告媒体，打我小时候起就有了，现在像是相当落伍了，但一看到它还没有被淘汰，就发现这或许是因为它具有恰如其分的宣传效果。气球既有红白色竖条纹相间的，也有银色的；既有绿色的，也有暗灰色的，它们在污浊的都市空气中飘来荡去。看到这一幕，我不由得想起了我的那些病人。

此时，一个高个子年轻人没有敲门就粗暴地突然闯进了候诊室，想到这可能是一位多少带有暴力倾向的病人，我迅速摆好了架势。

"你是汐见医生吗？"

这个有着浅黑色皮肤和帅气外形的青年用粗嗓门咄咄逼人地问道。

"是我……"

青年从口袋里迅速摸出一张名片递到我面前。

"江上隆一先生……"

我不得不扫了一眼名片上的文字，但丝毫没有放松警惕。

"您知道我的名字吧，我是丽子的朋友。"

"啊，原来是这样啊！"

我默默地示意他坐在长椅一角。

"您是为丽子小姐的事而来的吗？"

"是的……医生，请您别再理会那个女人了。"

"理会？"

"她经常来这儿吧？"

"一周只来一次，一共仅来了两次。"

就像是猎犬要嗅出主人的味道一般，隆一的眼睛在并不宽敞的候诊室各个地方瞄来瞄去，眼里有点充血，我注意到这个看起来身体健康得无可挑剔的年轻人正处于一种病态的亢奋状态。

"正因为如此，今后也请您别再理会她了。"

"我有点不明白您在说什么，丽子可是来接受治疗的呀！"

"唉，算了吧。我也不想干这种不体面的事，但是……"

他因某事而犹豫不决，接着打开手提包拉链，拿出一本红色皮革封面的女用日记本，神经质地翻找着日记的页码。

"这个！"

他极其蛮横地将某一页举到我面前。不管愿不愿意，我也不得不扫一眼伸到鼻尖下的这一页内容。这一页是用我所熟知的丽子的字体写的，内容如下：

×月×日

汐见医生的第一次治疗，实在就像用粉色的羽毛挠痒一般。医生让我躺在躺椅上，他首先亲热地握着我的手，反复问着无聊的走过场式的问题，同时手慢慢滑向我的胳膊。我因为觉得痒，就小声笑了，但医生"嘘"的一声制止了我，起身去关了顶灯，只开了房间一角桌子上的荧光灯。

我好像能直接闻到医生的体味。

"闭眼，闭上眼！"医生说道。

我闭上眼睛后，一个温暖而又厚重的东西触到了我的眼睑，毫无疑问那就是医生的嘴唇了，他的嘴唇沿着我的鼻梁慢慢下滑，很快盖住了我那因大为惊讶而微微张开的嘴。

十

读着丽子那信口开河的日记，作为一名精神分析医生来说就是一种奇耻大辱，坦白地讲，我多少有点失去了理智。

在日记中，存在着某种极其强大的黑沉沉的恶意，它取代了精神病患者那种应该同情的可怜的妄想。她为什么会如此迁怒于我呢？应该有什么原因吧？我现在只能认为丽子事先预料到日记会被恋人偷看才故意这样写的。

这一页之后的内容更是荒唐透顶，我已成为一个低级趣味电影中经常出现的医德败坏、滑稽可笑的色魔医生。

我能够感觉到在读日记的过程中，江上隆一一直恶狠狠地死死瞪着我。我必须一边读日记，一边调整姿势，不断戒备这位青年会动起手来。如果动起手来的话，比疯子更可怕的是精神正常的人。

我将一半注意力放在日记上，内心同时在考虑应该如何处理这一困局。为了让情绪激动的青年冷静下来，我有必要让自己尽可能长时间地沉浸在日记之中。我多次往前翻，试图立刻找出让青年能够理解的逻辑缺陷，但遗憾的是根本没有那样的内容，低级下流的文风贯穿日记始终，但我知道，自己读信的表情已经完全恢复了平静。

"先坐下吧，"我对一直站着对我怒目而视的隆一说道，"我慢慢跟您解释。"

"我不想听你为自己开脱。"隆一虽然嘴上这样说，但还是在我面前坐了下来，我心里因此松了口气。"首先，我并不是来听你解释的，也不是来找茬的。若被你误以为我是来敲诈勒索或是搞仙人跳的话，我会很尴尬的。所以，我事先向你清楚声明这一点，我只说想请你不要再管丽子的事了！"

"我明白了。"我尽量随和地说道。但随和一过度，好像自己就是日记中描写的色魔了，这连我自己都觉得反感。"我被逼进了一个有口难辩的境地，这是事实，但不管怎么说，您只凭片面的材料就做出判断这一点是非常遗憾的。我的医学材料原本是极为保密的，但作为参考，我希望您看一看。当然，您选择相信哪一方是您的自由，但至少丽子小姐的日记和我写的病历，在客观上具有同等的资料价值。我希望您能认同这一点，之后如何判断是您的自由。喂，儿玉，从三号文件夹中把 N85 号病历拿来。"

我打开呼叫机吩咐道。等待病历的几分钟，就是某事尘埃落定的几分钟，隆一不再正面盯着我看，而是强行将目光投向了窗户那边。

助手儿玉拿来了病历，所以我二话没说就直接将它交给了隆一，儿玉第一次看到我这种举动，惊慌失措地离去了。

隆一埋头看了起来，与我写的病历相比，隆一更加专心致志地看着丽子寄给我的信，这也是理所当然的吧。这封信的内容像是第一次让青年领悟到自己的冒失，因为信很明显和日记的内容自相矛盾，语气无论如何都不像是那种从第一次诊疗开始就遭受色魔侵犯的女性写的。我清清楚楚地知道，隆一突然间陷入了僵局之中。

十一

那天，隆一提出要设宴向我赔罪，我坚决推辞，但最终还是不得不接受他的盛情邀请，在七点诊所下班后，与他到附近的小餐馆喝上一杯。随着酒至微醺，隆一向我倾诉了他的愤怒，他的动机因带着男人的那种直爽而打动了我。与他那看上去单纯的外表截然不同，隆一具有出色的自我分析能力。而且，那种愤怒并不仅仅是来自嫉妒，借用隆一的话来说，是因为他无法容忍"那个冷若冰霜的女人像是只对医生的爱抚做出激情反应"这一点。

尽管他外表看上去非常健康，但这个青年的自尊已被摧毁得七零八落。他是在那一领域为数众多的青年中的一个，也就是说，他是一个将所有的一切都赌在男人那种应有的性自信上的人。

关于和隆一的谈话我后面会讲述，我们两个男人在聊天过程中所具有的共同感受，就是丽子这个女人越发变得扑朔迷离，如同谜一般。这个谜对隆一来说倒也罢了，但对我这个精神分析医生来说就是耻辱。

我似乎渐渐怀疑起自己作为心理咨询师的能力和素质来，我防范着自己会往这方面想。对一直信心十足的我来说，这种事还是第一次。

　　卡尔·兰塞姆·罗杰斯 [①] 在《当事人中心治疗》中详细论述了心理咨询师的态度与方向。而且，《当事人中心治疗》一书还提倡来访者从心理咨询师身上发现在操作性、技术性意义上的本质性的"自我替身"，与心理咨询师产生的那种一时冲动的温情关系，不久会使来访者产生一种安全感，能够放心地坦白任何罪恶。而且，也使来访者产生一种自己的坦白会被心理咨询师带着一种"接受和尊重"来倾听的安全感。心理咨询师必须成为来访者罪恶的替身。

　　我不得不反省自己到底有没有那种坚定的觉悟。我心中不会潜藏着那种冷冰冰的客观性、半功利性的学术好奇心以及那些种种不纯的情感吧？丽子不会是上帝为了使我反省自己的疏忽而派来的天使吧？

　　到这一地步的话就已超出了科学领域而进入了宗教领域，所以，不言而喻，这不是我在这种情况下应该采取的态度。普通患者的话，越难对付就越能激起我的斗志，但丽子却奇怪地具有一种让我失去斗志的力量。

　　我不得不注意到，精神分析医生这一职业就是处理绝对无法用肉眼看到的人类的精神问题，这个职业自相矛盾。在医学中最为明晰的是外科，外科医生只要凭借精湛的技术，用器具取出病灶就了事了。然而，所谓精神医学，虽然处理精神问题，但我的工具也仅仅是我个人的思想，有人会将健康的人与病人看作一般与特殊，其实两者也只不过是程度问题而已。

---

① Carl Ransom Rogers（1902—1987），美国心理学家，人本主义心理学的主要代表人物之一。

话题有点跑偏了，再说那个隆一，他如同醉酒一般变得不再谨小慎微，开始没完没了地抱怨丽子。他确实爱着丽子，丽子也爱着他，这一点真真切切（关于这一点我作为心理医生心里多少有些疑惑），但是他无论怎么做都无法将那份爱在丽子身上落到实处，即便穷追猛打也是徒劳无功，因此，我提问他在这种情形下会不会厌烦，他反倒身体向前一倾，说自己完全被对方牵着走了。

"在此之前我从未感觉到自己这样被女人牵着走，就好像被拉入了深渊一般。"

隆一的话实际上饱含着一种奇妙的真情实感。

就像我反复说的那样，在情理上我没有任何义务去为他人的个人问题出谋划策，但直到今天早上还不认识的人一向我倾诉衷肠，我便心软了，很难不表现出一副多管闲事的热心肠的样子。丽子的性感缺乏症以及带有恶意的编造，会不会起因于隆一那种借丽子不是处女而全然不提结婚之事的态度呢？在听隆一讲述的过程中，我更加确信了我的推测。如果这样，隆一明天或某一天与丽子完婚，所有问题便可迎刃而解，但我却没有二人关系发展到那一步的把握。很遗憾，我在这一点上夹杂了一些个人情感。在我心里，一方面有一种作为医学专家的谨慎，担心万一让丽子与隆一结婚，婚后仍会让病情恶化的话就会变得不可收拾；另一方面，一种不想让丽子与隆一结婚的情绪在我心中悄悄作祟。最后，我只能让隆一明白，我会尝试对丽子再治疗一段时间。

十二

第二天，本以为无论如何都不会来的丽子，在约定的时间平心静气地出现在我面前。花了一个晚上才完全恢复冷静的我，对昨天之事只字未提便把她领到了分析室。

看到丽子那双平时顾盼神飞的眼睛充满了血丝，我猜想她昨天晚上近乎彻夜未眠。一瞬间，我因为一种非同寻常的想法而有些忐忑不安。以如此不佳的身体状况进入分析室虽然不太理想，但情况也因人而异，所以，我看到今天早上丽子刚进入分析室就停止了抽搐，反而察觉到了她在经历了那样的风波之后开始适应治疗这一点。

果不其然，丽子一躺在躺椅上，便主动摘掉头巾，解开了西装领口，露出了胸部雪白的倒三角，用柔美的手指从那里一直到脖子抚摸了个遍。

"哎呀，一来这里就感到好放松啊！医生，再没有比今天更让我期待来这里接受治疗的了。我觉得在这个世界上只有这张椅子才能令我身心放松啊！"

"我还以为这张椅子对你来说就像电椅呢！"

"哎呀，医生！"她毋宁说用一种朴实的语气回答了我那开过头的玩笑，"正因为如此啊，罪大恶极的人最后不是坐在电椅上的时候才放松下来的吗？"

她有一种罪恶意识，这一点已经很明确了。我打定主意自己绝口不提昨天的事情。

"来吧，心情放松，将你所想到的内容原原本本地全说出来吧！"

我装出一副若无其事的样子温和地说道。

总的说来，所谓的第三次面诊、第二次治疗，在自由联想法上即便不能说关系到治疗的成败，但许多情况下也能够区分出治疗关键的转机。这一转机表现为患者神经质反应减弱，更为重要的是开始体会到"不明白自己的问题到底是什么"这一实际感受。"不明白"这一感受是非常重要的，患者自认为在第一次接受治疗之前很清楚来这里诊治的原因和症结，就被让自己来诊所的那种大无畏的"意志"欺骗了，第二次治疗才有机会逐渐意识到自己的意志那不明确的属性，以及与"意志"在一般社会中所承担的功能完全相反的价值。

于是，我期待着这次治疗，尽可能将自己的存在从丽子脑海中抹去，同时将削得很尖的铅笔笔尖抵在纸上等待时机。不过，在面对尖端恐惧症患者的时候，我就不得不将这种出于个人喜好而神经质般地削得很尖的铅笔特意藏起来。

在与其说柔和倒不如说是昏暗的光线下，丽子开始讲述一件事。每当看到她的嘴唇，我就自然而然地想到了人的神秘性。她的嘴唇犹如一朵娇小而艳丽的鲜花浮现在没有色彩的房间之中，在它所发出的语言之深层，广阔如大地般的记忆尽含其中。要让这样一朵花盛开，也要明白人类历史和精神的所有问题是一点一点相互支持、相互帮助的这一点，即便这种力量微不足道。我们这些精神分析医生必须通过这娇小、美丽的花朵将大地与海洋的所有记忆联系起来。

"不上班我很无聊，"丽子闭着眼睛打开了话匣，"我就想到公司大楼前面，从外部看看它的样子。我像往常一样上了电车，一上车我就发现不知什么原因没有一个乘客。透过车窗望去，巨大的广告牌全成了白板，上面的文字、图案消失殆尽。我下了电车，一直走到公司大楼。虽然这是一个风和日丽的上午，但这段路上我一个人影都没碰到。我终于意识到自己是在做梦，即便是梦也没关系，我想着能走多远就走多远，从而一个劲儿地往前走，渐渐看到了公司大楼，它位于一条没有来往车辆的马路对面。

"公司大楼周围当然空无一人，八层大楼的每个窗户都没有员工办公的迹象。此时，八层的一扇窗户明晃晃地闪了一下，之前死气沉沉、模模糊糊的一扇窗户突然就那样闪闪发光。之所以如此，肯定是因为碰巧打开的玻璃窗朝着太阳光方向的缘故。

"'只有那里有人呀！'

"我觉得既亲切又高兴，不由得差点叫出声来。正在此时，一个黑色人影出现在窗户上。'那是隆一啊！'我凭直觉迅即这么想。此时，那个人的腿跨过窗户框，身子探了出来。'不要，不要！'我拼命喊道。可是他越发将身体向外伸，一下子头朝下直挺挺地跌落了下来。

"当我回过神来，就看到安静、明亮的街道上，犹如一盆水全部泼了出来一般鲜血四溅，一个青年倒在血泊之中，身体一半浸在了鲜血里，微微颤抖着。我不由得跑上前去将他抱了起来。他已经面目全非，但我知道他确实就是隆一。我'啊'的一声惊醒了。醒来时还是深夜，枕边时钟发出的'哒哒'声，不知为何生生令人害怕。接下来一直到清晨我都无法再次入眠，所以才一脸睡眼惺忪的样子来您这里。"

我作为一位忠实的笔录人不断记录着她的梦，但那到底是不是昨天梦到的这一点另当别论，我觉得她讲的根本就不是谎言。从周围的情形来看，丽子即便希望隆一自杀也并不为怪。但是，一看丽子那将这样的梦作为理所应当之事而强加于我的态度，听她讲述的我也不得不自然而然地变得兴致索然。

丽子一讲到这里，就沉默了片刻。在此过程中，她那西装下面的胸脯显而易见地剧烈起伏着。她突然起身，双手掩面哭喊道：

"医生，对不起，我说的不是真的，全都是假的，我是一个谎话连篇的女人。"

"没关系，你冷静点！"我冷静地鼓励她，"这儿不是警察局，所以，不管是谎言还是实情都没关系。我之前不是跟你说过嘛，任何事情就按心里浮现的情形讲。"

"嗯，话虽如此……"丽子怎么也止不住眼泪，便取出手帕擤了下鼻涕。之后，她在椅子上扭了扭身子，将脸正面朝向我这边，说道：

"可以把椅子调高一点吗？"

"啊，当然可以啦！"

我伸手按了下按钮，让椅背几乎垂直地立了起来。她转动椅子，这次明确地换成了与我相对而坐的姿势，那张脸被泪水打湿，脸色白得瘆人，蓬乱的头发如同水草漂浮在水中一般长在鬓角那里。看到这番情景，我在如此时尚的女性身上，一瞬间发现了民俗学家所说的"水女"的幻影。

"我今天真的就是想着必须要向您道歉才过来的。但是，直至刚才，我一直都无法将道歉的话说出口……昨天的事，真的很对不起。

"隆一也有隆一的问题，我也为自己写下那样的日记故意让他看到这件事而感到罪恶深重，因为我对自己的身体没有信心，所以就那样做来激起他强烈的嫉妒心，除此之外，我找不到其他办法拴住他的心。"

"真的找不到其他办法吗？"

"嗯，很对不住您，如果那样做……"

"丽子小姐，"我抓住机会稍稍严厉地说道，"你真的对隆一是实心实意的吗？"

"嗯，当然啦。不过，您为什么这么问呢？"

"那么我问你，你接受精神分析疗法，在性感缺乏症完全治好的情况下，你是想要将隆一作为伴侣一起品味康复的快乐呢，还是就在那个时候抛弃隆一，在其他男人的怀抱中品味第二次脱胎换骨的自己呢？你会选择哪个？"

"当然是第一个。也就是说，我是因为对隆一感到歉疚才来这里的呀！肯定是为了隆一啊！"

"不对！"我干脆把铅笔放在纸上，直视着她的眼睛说道，"不是你说的那样，面对隆一，你希望自己永远是一种性感缺乏症状态。"

"啊？"

"这一点在分析结果中清晰地体现了出来。你来这里之后，虽然嘴上说着想治好性感缺乏症，但整个精神与整个肉体都在抗拒治疗，你歇斯底里症的原因尽在于此。你的良心与你那不想治疗性感缺乏症的顽固欲望正面交锋，因为这一矛盾，就表现出抽搐以及各种症状。

"你第一次来的时候，诉说自己'听不到音乐'这一不可思议的症状，后来你又说那仅仅是性感缺乏症的委婉表达，是谎言，对吧？

"那其实并不是谎言。

"所谓音乐，在你的无意识之中并非性高潮的象征，而是'为了隆一想要治好性感缺乏症'这一良心之声。'不想治疗'这一顽固欲望消除了这一声音，试图让你的耳朵听不到音乐。那样的表达说明的就是这一点。

"剪刀与阴茎的关系也因此一目了然。之所以这一关系故意采用性象征这一形式，是因为多少掌握了一些精神分析知识的你故意采用这样露骨的象征来混淆视听。其实它是最为单纯的象征，所谓阴茎，也就是你移情于隆一的阴茎焦躁感上，将你自身的良心暂时男性化而呈现出来的样子。那个阴茎，就是你自己良心的样子，剪刀是对它的否定和敌意，是藏在你心中的顽固的反对者，这一点没有解释的必要。因此，当我说'剪刀和阴茎，也就是剪东西的工具和被剪的东西，被你联想成同一样东西，这一点很不可思议'这句话的时候，我已经抓到了解决的头绪。将它们联想为同一种东西根本没什么好奇怪的，因为那都是你自己的想法。

"你觉得呢？请你爽快地承认自己不想治好性感缺乏症这一想法。"

丽子低下了头，那确实是一种老老实实的被告人的样子。

无论如何都不可否认，我还是喜欢看到自己的患者像这样被击

56

垮的样子。

"你觉得呢?"我进一步追问道,"那本假日记也把我当枪使,令隆一更加痛苦。这肯定是一种要将'尽管我和你在一起感受不到音乐,但在其他男人面前感受得到'这一残酷的宣言间接施加在隆一身上的意图。对不对?"

丽子一时就那样低着头默不作声。终于,她断断续续地这样说道:

"我觉得正如您说的那样,医生。"

"可是,那是为什么呢?"

"我觉得如果我不全部说出来的话您是不会明白的。前些日子您问我身边有没有激烈争抢母亲乳房的弟弟或者双胞胎哥哥那样的存在,实际上是有的,大概就是这一存在一直在影响我的生活,如果不说的话……"

"你说说看。"

我握着削尖的铅笔,心满意足地等着丽子讲述。

十三

丽子的讲述是这样的：

丽子其实有一个哥哥，二人相差十岁。她之前讲述了自己小学四年级时被伯母带着去了升仙峡，在那里目睹了伯母男欢女爱的记忆，实际上，这段记忆也与这个哥哥密切相关。

所谓的伯母的情人就是丽子的哥哥。

虽然我有一种第一次抓住了真相的感觉，但也可以认为，此时的精神性外伤足以成为导致那之后丽子性障碍的原因。正如斯特科所言，"所有的神经官能症患者都因家人而烦恼，呈现出这一病症传播甚广的迹象，甚至某位智者称之为'家人热'。"但父亲的形象对丽子并没有那么强烈，厄勒克特拉情结（恋父情结）并不明显，从这一点来看，我没有清晰地捕捉到那种乱伦式的精神外伤的存在。

现在我对自己的直觉越来越自信，在之前给她信中所写的"对小学四年级的你来说，类似这种看到性行为的事情，好像并不是你第一次经历。"正好与她坦白的事实吻合。

丽子与哥哥确实是一对关系很好的兄妹，她狂热地爱着哥哥，无论去哪里都跟着他，一听到别人评价哥哥打架很凶或者说哥哥帅气，她就高兴得忘乎所以。小学三年级时，一天晚上，她钻进了哥哥的被窝（因为父母禁止，所以她反而更为好奇），哥哥的手指抚摸着她娇小的桃色贝壳，告诉她那只贝壳传递着远处大海的海浪声。

"好啦，小丽，你好好闭上眼睛。真乖！我教你了，你可不要告诉别人啊！"

哥哥这样说着就慢慢伸出手指，一只手紧紧地抱着丽子娇小的肩膀，将丽子带向了一种她从未体验过的、麻麻的、害怕而又甜蜜的感觉。自那以后，这种甜蜜的感觉就与哥哥本身的存在割舍不开了。她越来越黏哥哥了，但哥哥没有再次玩弄她，妹妹这边也由于害羞而没有说出口。

第二年夏天，就在升仙峡发生了那件事。

哥哥两次大学考试都名落孙山，为了准备考试，他租住升仙峡一家旅馆的一个房间，窝在那里复习考试。丽子太想见哥哥了，父母就说她不能影响哥哥学习，即便有人带着去，也要住在其他旅馆，这样的话就可以去上两三天。伯母偶然接受了这项带她去升仙峡的任务。

但是，那并不是"偶然"，而是伯母和哥哥事先商定好的计划。就是哥哥也不会想到，去年对妹妹的猥亵行为竟成了和伯母私通的事前准备。或许是因为发生了那种事，他在情感上期待年幼的妹妹在性方面能包容自己吧。可以想象，当他悄悄钻进伯母被窝时，即便察觉到丽子在装睡，年轻人也会自以为是地考虑，觉得既然发生了那件事，对妹妹就不可能会造成什么大的刺激。

从庭院蹑手蹑脚进入那家旅馆的哥哥趁天还没亮就原路返回了。可能是为了在黑夜中便于藏形匿影，他穿着黑色网球衫和黑色裤子，光脚穿着运动鞋。

伯母为了送他钻出了蚊帐，所以，这次丽子得以在蚊帐之中清晰地睁大眼睛看到哥哥和伯母在院里室外电灯的朦胧灯光下亲吻，随后消失在庭院茂密的草木深处。

翌日早上，丽子开始哭闹着要回家，怎么都不听劝，最后被伯母领着回到了甲府市。

那年年末的时候，哥哥与伯母的风流韵事传到了社会上，哥哥受到了父亲的严厉责骂，再加上三次大学考试落榜，终于有一天，他离家出走消失了踪影。家里虽然立即报案寻求警方查找，但哥哥迄今仍下落不明。

在丽子来东京上学以及毕业后的生活等事情上，父母都对她溺爱有加。之所以如此，可以说也是缘于他们失去了继承家业的重要嗣子这一经历。

而且，父母由于哥哥之事而担忧丽子的将来，待她小学一毕业，便让她与表哥订了婚。订婚起到了怎样的反效果，这一点正如之前所述。

伴随着长大成人，丽子的内心发生了变化，除了对失踪的哥哥的留恋与憎恶之外，再也容不下其他任何东西了。

……

"说到这里我想您已经明白了。

"隆一在某个地方有哥哥的影子，这既是我喜欢上他的理由，也成为我在身体上抗拒他的理由。

"最糟糕的就是第一次和他一起去旅馆的那天。

"那是夏季的一个周日，他穿着黑色网球衫和黑色裤子来到了约定地点。而且，他还戴着墨镜，所以，这副打扮和平时在公司衣冠楚楚的他根本对不上号，我远远地看到那个人，想着那肯定是哥哥无疑。我在心中呼唤着'哥哥'，在涌上心头的思念的驱使下不顾一切地跑了起来。

"那人'啊'了一声，摘掉眼镜冲着我笑。确实是隆一，不是哥哥。

"那天晚上，我就那样在隆一的约请下跟他去了旅馆，既然一度将隆一错认为哥哥，我已经无法抗拒他了。我相信自己真的爱上了隆一，不过，抗拒发生在那之后。第一天晚上我就出了问题，隆一沉醉其中，并没有注意到我状态不佳，在那之后的某次亲热中，隆一认定了是自己的过错，表现出愿向我道歉的表情……

"最初那个夜晚，我脑海里一直有两个想法在斗争。一个是如梦一般不切实际的期待：如果隆一是哥哥的话，就可以再现如同小学三年级的那个晚上一般的强烈甜蜜感觉，这一感觉可以主宰整个一生；另一个是不可思议的恐怖：如果隆一是哥哥的话，二人睡觉是被禁止的，是绝对不能获得快感的。

"医生，这就是迄今为止拖了许久，一直都在折磨我的全部。正如您所说，或许我将隆一和哥哥看成了同一个人，所以一直希望在隆一面前是一种性冷淡状态。还有，哥哥让小学四年级的我看到了他与伯母所做的丑事，我这样做，也是对他最后的报复。"

丽子讲完，脸上浮现出前所未有的神圣般的宁静，我为自己的分析疗法不断取得真正的成果而兴奋不已。

……但是，实际情况并不是进行得那么称心如意。

十四

我从未像这次般如此期待一位患者的下一个就诊日。丽子的下一个就诊日是第四次面诊,第三次治疗。从初次见面的一号开始,已经过去了一个月,初冬的荒凉萧瑟之感,甚至飘荡在光秃秃的行道树树梢上的,那白天看起来惨白的霓虹灯灯管上。

我的诊所非常奇怪,世人闲的时候门庭冷落,世人忙的时候便应接不暇。之所以如此,恐怕并不仅仅是因为它位于日比谷的核心地段。比如说夏天总的来说比较清闲,但接下来至年末这段时间便会很忙。新年里即便有一点闲暇,也存在在大学考试期间、政府部门与公司财务决算期间以及自古所谓的"树发芽期"之时患者激增的倾向。夏天会有患者因熬夜看了太长时间的电视棒球夜场比赛节目而出现幻视、幻听,或者因脑子里全是电波而导致耳鸣。这样的患者看病时自始至终一个劲儿地说着棒球,真让人受不了。

最近有一个另类病人,他是来自一个美国小城市的私企老板,这位器宇轩昂、白发苍苍的六十七岁老绅士,带着我在留美期间认识的一个精神分析医生朋友写的介绍信来到诊所,他来日本是缘于朋友的推荐。

朋友在对他进行精神分析之后轻松就找到了这样一个事实：绅士因为极度禁欲的清教徒性格，在今年之前没有碰过妻子以外的女性。可是今年突然变得性欲亢奋，欲火攻身以至无法安心工作。说到朋友开的处方，也简单至极（处方上的话就是对日本的极大侮辱），建议他以商务为由一个人来日本，随便和女人玩玩。

这种病既非神经官能症又非其他疾病，老绅士自己好像对此也心知肚明，在美国国内也雇了一位和自己有交情的精神分析医生，来做绝对能为自己保守秘密的生活顾问。因此，他仅来我这里诊断了一次，像强行塞给我似的留下一笔高得咋舌的诊疗费就离开了。作为回报，我不得不领着他在东京玩了一晚上。我就是这样一个死性子的人，所以，在应有的环节上，我就让风月老手的医生朋友做了向导。

这种事纯属讨人欢心，但对一个因名气下滑而患上神经衰弱的某电影女演员，我却感到非常棘手。因为她赫赫有名，在此不便公开她的姓名。与我接触时，她始终郁郁寡欢，态度盛气凌人。

"我光明正大地来到这种地方（'这种地方'是相当失礼的措辞），世人会怎么想呢？这点医生您很清楚吧。我就是冲着这种效果来的，可不是来请您治病的。首先，您怎么可能给一个没生病的人治疗呢！"

她一开始便这样说道。她想要说的就是这些。也就是说，她压根儿没得病。只是若去一趟位于市中心繁华地段的精神分析医生那里的话，便迅即会被世人所知且被谣传为得了神经衰弱症，作为女演员的商业价值就会一落千丈。为了让不重用她的制片人认识到自己那掌中明珠般的重要价值，再没有比让他们看到那颗明珠被丢弃在地、被踩得粉碎的情形后悔青肠子这一手段更好的办法了。因此，她不惜贬低自己的商业价值也要让制片人认识到这一点，才堂而皇之来我这里的⋯⋯

但是，这一理由有一个奇怪的地方。而且，应该"堂而皇之"来诊所的她，在进诊所之前绝没有摘掉墨镜，而是四处看了看之后才走了进来，这一举止与她的话是矛盾的。

虽然不经过两三次的分析治疗，就很难说清楚病情。但如果她被确诊为"精神世界失调""情绪与观念的分裂"之类的综合征的话，那也就可以认为她极有可能患上精神分裂症。一想到迄今为止她所饰演的各种美丽动人的女主角，这一结果就让人痛心疾首。但是，既然已经无法做到为维持她在影迷心中的美好形象而掩盖病情这一点了，所以，只能认为她现在的人气下滑对她养病反倒是一件幸事。

但山内明美对这一问题却表现出了多少有点庸俗的兴趣，很难猜测她为什么会对貌美如花的电影明星可能患有精神分裂症一事如此兴趣盎然。她专程去了一趟旧书店，将几年前至今的电影杂志悉数买来，乐此不疲地将那个女演员主演的电影剧照放在一起比来比去。

"社会上的人怎么可能会想到她得了分裂症啊！周刊要是知道的话会写点什么吧。"

"喂喂！你将消息卖给周刊可不行啊！"

明美特意端详着某部爱情片的一幅剧照，照片上那个女演员被帅气的男演员抱着，眼看就要被他亲到了。

"抱她的男人若知道这个女人是个疯子，会是一种什么感觉呢？"

在偌大的东京只有她一人知道这种毁灭性的情况，好像没有比这一点更让她高兴的了。

我讨厌这样的明美，但在她满脑子都是那个女演员的时候，就不再向我唠叨丽子的事了，仅此一点就让我省心不少。不过，仔细想来，也并非是明美不断因丽子的事挖苦我，或许是明美每次稍稍一提丽子的名字，就妨碍到我那将丽子的形象投射于脑海之中的神经反应，从而就觉得明美像在没完没了地仇视丽子。

丽子的精神分析终于进入到关键问题，除了这份喜悦之外，我还期待着丽子在下次来治疗时，或许会神采飞扬地出现在我面前，脸上毫无抽搐之阴翳。而且，我还希望分析治疗的结果能够将意想不到的新发现纳入到我的方法之中，为此，我将每天晚上的时间都用来发奋读书。

事实上，明美对我专心致志的样子很是不屑地观望着。我打算以丽子的案例为材料写一篇论文，笔记也做得面面俱到，文件也特意吩咐助手儿玉细心保管，在明美的眼里，这一切都像是对丽子的特殊照顾。

"你即便那样做也是白费心机，恐怕结果也是一片苦心化为泡影吧。"

她总是说一些让人不能置之不理的话，以我的性格是绝对不会和她吵架的，所以，我只是不痛不痒地讥讽道：

"哎呀，你最近很有必要接受一次精神分析啊！"

"你分析一下我呗！我也很有意思呀，因为净冒出来些不方便你做研究的数据。你把那数据提交给学会怎么样？"

我们俩还没到同居那一步，她竟然用一副比老婆还厉害的挖苦腔调报复我了。

近期读书的结果，是我逐渐热衷于在恩师的方法上采纳瑞士的宾斯万格①开创的精神病理学研究方法——"存在分析"。这一研究方法深受海德格尔存在主义哲学的影响，摒弃了以往用各种精神分析用语的各种概念，机械地将活生生的人进行筛分的弗洛伊德的方法，试图把握更为具体、更为实在的病患形象。这一流派之中，苏黎世的精神病学家梅达特·鲍斯②等从深厚的临床经验中获得温情而又公正的人性观察，以宏大的哲学为背景进行论述，认为各种对性倒错的阐释，并非仅仅发现幼时的精神外伤就足够了，即便倒错本身是失败，是挫折，是迷失行为，但在根本上，它和正常人的正常性行为毫无二致，是一种通过特殊的性爱融合体验来开拓爱"在这个世界里存在的可能性"，设法到达"爱的整体性"的尝试。

很难说这一学说在日本被充分接受了，但它有一些内容足以解答近来时时困扰我的疑问，包含着与美国的新弗洛伊德学派的学说相通的一面。

虽然不能将丽子的性感缺乏症与性倒错相提并论，但很明显，她有意无意地以这一缺陷为武器一直在与人生搏斗。仅从消极的一面，即"拒绝"的层面来把握性感缺乏症这一做法显然捉襟见肘了，还必须把握她内心深处，总是通过这一武器或者说这一铠甲来试图抵达"爱的整体性"的那种肯定性方面。难道不是这样吗？而且，对她来说，抵达那种"爱的整体性"，就只是与失踪的哥哥再次偶遇那么简单吗？我并不那么认为。

---

① Ludwig Binswanger（1881—1966），瑞士精神病学家，代表作有《普通心理学问题导论》《人类存在的认知与基本形式》等。
② Medard Boss（1903—1990），瑞士心理治疗家和心理学家，存在分析学的创始人之一。

人类就是一种会在自己一直努力的目标面前故意设置障碍的麻烦生物。若将丽子的性感缺乏症视为她自己画地为牢的话，那她的最终目标便可以认为是世上百分之九十九的女人好像都不知道的性爱那欢欣若狂的花园，那无与伦比的"欢乐天堂"。

　　这样的话，她的性感缺乏症难道仅仅是一个证明她是极度理想主义者的证据？

　　……我每天晚上都在琢磨这种事，同时将丽子的分析病历翻来覆去看了几十遍，试着寻找出迄今为止尚未注意到的要点。这样一来，一个几乎尚未细致分析的情况便水落石出了，那就是她"理应讨厌"的表哥——这个青年与她订了婚，在她还是少女时夺走了她的纯洁，也成为她待在东京的根本原因。关于这个人我左思右想，但却无丝毫具体印象。我想着在下次诊疗的时候，有必要再稍微深入观察一下丽子对此人的反感与她对失踪的哥哥的印象二者之间的关联。

　　随后我明白了，我的直觉真是丝毫不差，准确得令人恐怖。

十五

却说丽子并没有在我翘首以待的接诊日出现，她没有事先打招呼，电话也没来一个。

我坐立不安，试着从多方面揣测她爽约的原因。

一种是乐观的揣测，不外乎就是社会上那种薄情寡义的患者的例子。我想象着丽子会不会因为最近的成功治疗，而达到了和青年江上第一次听到那种"音乐"的治疗效果，由于肉体的愉悦而将所有事情置于脑后去了外地旅游，从而将迄今为止所经受的精神分析室那种令人烦躁郁闷的氛围从记忆之中彻底抹去了。

另一种推测就是她的反抗意识急剧增强，可能由于害怕我鞭辟入里的分析而到了对我深恶痛绝的程度，一时连见我都觉得不胜其烦了。

如果相信第一种情况，我甚至会感到些许嫉妒，从而产生愿意相信第二种情况的念头，但第二种情况就是自己承认作为精神分析医生的失败。不管哪一种情况，作为一名精神分析医生，我那天的精神一直萎靡不振。

明美眼里暗暗流露出幸灾乐祸的神情，虽然没有切实说出口，但她在为自己准确地预测到了这一事态而沾沾自喜。

说实话，我那天一整天都处于灰心失望之中，因此，我快要忘了对精神分析医生来说最为重要的忍耐。

种子在黑暗泥土深处裂开，一点点开始发芽，在它最终开花之前，只能一边耐心等待，一边为它浇水施肥，这就是精神分析医生的本职工作，但我已经感到迫不及待了。即便如此，我也没有下定决心往她居住的公寓打电话。明美着实不疼不痒、若无其事地说道：

"怎么回事？她不会感冒了吧。要不要打个电话呢？"

"算了，还是不打为好吧。"

已经说了不打电话，我更要言出必行了。我的这一回答之中，与其说掺杂了分析治疗上的判断，倒不如说夹杂着针对明美的意气用事，我闷闷不乐地反思这一点。

黑夜来临，只剩下我一个人后，我就立刻往青年江上的住处打了电话。他出乎意料地已经从公司直接回了家，他的声音和蔼可亲，像是被我的电话救了急一般，说想和我在有乐町那家之前见面的小饭馆里详谈。

那是家位于小巷的寿司一条街一角的小店，江上说这家店的老板娘从他在大学赛艇队的时候起就是 T 大学队的拥趸，对所有队员都疼爱有加，大家就经常光顾这里。今晚，江上待我像一位念念不忘的老朋友，我面对桌上平淡无奇的碗碟，直言不讳地开口问道：

"那之后的一周她情况怎么样？"

"上次治疗之后的两三天，她情况非常好，没有出现歇斯底里的表情，虽然还没有到完全康复的程度，但晚上她也能够以一种轻松的心情听从于我了。我觉得这样的话会很顺利，对您我感激不尽。

"正当此时，传来了她那个未婚夫表哥行将去世的消息，这不啻一个晴天霹雳。丽子让我看了她父亲的来信，信上说那个人还不到三十岁，却可能是因丽子在东京迟迟未归，他大发雷霆，酗酒成性而得了肝癌。他说他的命朝不保夕，无论如何都想见丽子一面，所以丽子的父亲就写信让她立即回去。

"当然，我因这封信与她吵了起来。我说她那么讨厌未婚夫，所以虽然他快要死了，但也没必要急着赶回去。我这么一说，想不到丽子竟责怪我冷酷无情。

"那个男人让她想恨又不恨不起来，从另一方面来看，他是从幼时起就和丽子在一起玩耍的表哥，和她拥有许多小时候天真无邪的回忆。丽子反唇相讥说'你太瞧不起我的亲戚了'，那口气和平时玩世不恭的她判若两人，我意识到自己像是突然接触到了丽子那土里土气的家族意识而碰了一鼻子灰。

"之前我甚至一直在考虑，若她坚持无论如何都要回的话，自己要不要向公司请假陪她去甲府，但被她这么一抢白，我就打消了这个念头。

"其实，前天丽子离开时我送她去了车站，那时我问她：'与汐见医生的预约怎么办？'她说会从那边寄信给您，来信了吗？"

"没有。"

我心不在焉地听他讲完之后含糊地答道。

江上隆一所感受到的失望与我多少是相通的，我觉得迄今为止自己那么精确地建构起来的她的心理结构，以及那雄心勃勃地试图挑战这一结构来探明人类精神深处的分析，双双因这个出身于地方世家的女孩纯朴的同族感情，而在最后关头遭受到了沉重一击。

但是，要说我会因此而对丽子失去兴趣，那就错了。

从翌日早上开始，我就迫不及待地等候丽子的来信。又过了一周的时候，这次隆一打来电话，告诉我说丽子在老家待的时间太长了，他要不露声色地去甲府看看情况。

我现在只能盼望着隆一回来后向我汇报情况。

隆一一回来就来到我的诊所，恰好那个时候候诊室没有客人，阴沉沉的冬日天空映在窗户上的光亮投射在他的半边脸上，他闷闷不乐地说道：

"真是难以理喻，这丫头简直是个怪胎。"

"怎么了？"

"我去了市立医院，不能冷不丁地就去病人那里探视，所以我也费了不少劲。我拉住一名护士，说自己是病人的亲戚……"

"这种事你手到擒来吧？"

在我和隆一开玩笑的时候，穿着白大褂的明美像是在侧耳偷听似的穿过房间，我立刻严厉地朝她那边看了一眼，把她赶走了。

"还凑合吧。"青年一点都没觉得难为情，"我说自己是病人东京的亲戚，和他情分上有点说不过去，不能直接露面。自己又担心得不得了，所以就拜托护士详细说说他的病情。护士抬头瞥了我一眼，便和我约好在医院外面的咖啡厅见面。

"我在咖啡厅等着，她就在白大褂外面罩了一件红色薄外套进来了，和蔼可亲地将病人的情况告诉了我。

"病人很可怜，不知能不能再撑上一两周；肝癌晚期腹部积水，不管怎么抽水，肚子还是像青蛙一样鼓鼓的；胸口受到压迫，痛苦万分；手瘦得像竹子做的晾衣架……在'嗯嗯'地配合着护士讲述，装作忧心忡忡地听完以上情况及别的症状后，我渐渐将问题引向了核心。

"'病人是怎样护理的呢？探视的客人中有没有如此这般的女性呢？'我若无其事地这么一问，发现护士所述事实着实令人震惊。

"'不过，我觉得那位病人非常幸福啊！'护士十指交叉在一起，如醉如梦地说道，'我一看到那种情形，倒不如说羡慕病人呢！'

"'羡慕？羡慕什么呢？'

"'病人那个叫丽子的漂亮的未婚妻从东京赶了回来，当初肯定有什么内情二人才天各一方的吧。她看上去真是可怜，到这儿之后这十天来片刻不离地照料病人。我也见过各种病人，即便是病人的妻子，也不见得那么全身心地照顾病人啊！她晚上只是在病床边的长椅上打个盹儿，真的照顾得无微不至，令人感动得落泪。我们逐渐和她熟了后，告诉她这样守着病人身体会吃不消的，但她只是凄凉地微笑着说一声'谢谢'，那样子楚楚动人！我从未见过那么美丽的，感觉就像圣母马利亚那样的人。

"'来这儿十天里，丽子可是消瘦了不少啊，真让人心疼！由于病人没有康复的希望，所以她照顾病人也无精打采，而且，病人还是她在这个世界上最爱的人呢！我真的很同情她。我们都成了丽子的拥护者，鼓励她坚持下去。当然，即便我们为她打气，也不能治好病人，但如果发生奇迹的话或许能治好呢！

"'丽子偶尔来到走廊上，在窗户那里陷入沉思。那种时候，仅仅看到她的背影我都要流眼泪呀！我曾经有一次从她身后故意逗她，发出"啊"的一声吓唬她，回过头来的丽子虽然笑着，但眼里噙满了泪水。

"'哎呀,'我对她说道,'虽然这么说像是很残酷,但与要走的人相比,活着的人更重要呀!你呀,必须更珍惜自己才行。'

"'嗯,谢谢你。'丽子答道。从那以来,我们就成了好朋友。

"'丽子对未婚夫的照顾心无旁骛,即便病人家人前来探望,她也是一副简直要赶他们走似的架势呀!病人的父母总觉得冷冰冰的,借丽子照顾得这么周到为托词不怎么靠近病人,我们对此感到愤慨。'

"汐见医生,请您想象一下我听到这些时会多么震惊,我完全摸不着头脑。既然我好歹已到了那里,若不去确认一下现场就算白跑了一趟,所以我决定恳请护士让我从外面悄悄看一下病房。贴着'谢绝探视'告示的病房门正好微微开了一条缝,所以能透过门缝看到里面。

"病房里面拉着窗帘,光线昏暗,枕头上是一张黄疸病人蜡黄的脸,正睁大双眼看着天花板。那张脸消瘦且异常严肃,干巴巴的令人害怕,与经常从丽子口中听到的表哥那声色犬马的形象相距甚远。估计是丽子筋疲力尽了吧,她坐在病床旁边的小椅子上,将脸埋在床上的被子里,像是在假寐,所以虽然看不到脸,但从头发和肩膀的感觉来看,确实是我熟悉的丽子本人无疑。

"我与那种要冲进房间,摇晃她的肩膀将其弄醒的诱惑斗争着,这丫头肯定在做什么噩梦,她满腔热忱照顾病人这种事,肯定是因为得了一种梦游症的缘故,或者说我现在看到的一切是一场梦吧。面对这难以置信的状况,我甚至产生了奇怪的错觉。

"透过窗户粗劣的细白布照射进来的灰色阳光;睁着双眼,面色如土的病人的脸;将脸埋在白色被子上的女人那起伏的头发……就这样犹如石化了一般一动不动的这一情景，看上去就像一幅圣像画一样神圣不可侵犯，我只好畏畏缩缩地从门缝那里退了回来。

"之后呢?

"之后护士约我出来，在甲府的街上，我俩一整晚都在逛舞厅之类的无聊的地方，一家接一家进去喝酒而已!

"汐见医生，我到底怎么做好呢?"

十六

丽子的信寄达之时，是事后十天，临近圣诞节的一天早上。

拿到这封厚厚的来信，我几乎失去了拆开看的兴致。由于太忙，我对丽子渐渐不感兴趣了。这是封在我兴味索然之时收到的来信。

但是，一开始读这封信，我又转瞬间对那出乎意料的内容怦然心动。

信的内容如下：

……

汐见医生：

想必您已通过江上详细了解了我这边的情况。我在这里最终没有见到江上，但后来从护士那里听说了他奇怪的侦察行动和偷窥到的一切。

未婚夫终究还是在昨天去世了。

三十岁不到就死于癌症，我觉得他真的是一个不幸之人。

虽然我是那么讨厌他，但一听说他已病入膏肓，想在病床前见我一面，我就迫不及待地飞奔而去，这一点您也知道了吧。

正如您肯定察觉到的那样，我对隆一那完美、健康的肉体已经厌倦了。他那宽大的肩膀、厚实的胸脯、粗壮的胳膊，都让我觉得像是对我心中疾病的责难，一切都像是带着刺，令我喘不过气来。我确实对疾病和病人充满向往，未婚夫得了绝症这一消息对这样的我来说就是一个绝好的时机。我喜欢您的诊所也是因为去那里能够闻到疾病的气息，没有比消毒水的气味更能让现在的我平静下来的气味了。

回到老家我就刻不容缓地去了医院。到了那里一看，发现未婚夫已经病情恶化到朝不保夕的地步了。他托着因腹部积水而鼓起的肚子，诉说自己胸口堵得难受，但又说自己意识清醒，穿刺抽取腹水时痛得要命，所以要是无论抽多少次抽完又很快积水的话，就那样让它鼓着吧。

看着病人这可怜兮兮的样子，迄今为止一直像黑色结晶体一样存在于心的东西一瞬间在水中溶化了。我在那一刻立即决定，从此以后宽恕这个人，陪伴他一直到死，慢慢地、慢慢地宽恕他，自己也踏踏实实去感受那种宽恕的感觉。

"小丽……"

病人嗓子有痰堵着，用含混不清的声音唤着我的名字，接着便眼里充满了喜悦，将一只绵软无力的手向我伸了过来。

那是一只怎样的手啊！那双壮硕的手如今像矮竹一样瘦骨伶仃，而且发黄发暗，手腕细得可怕，手指一根根看上去过于细长了。

"我回来了，已经没事了，我会全力照顾你让你康复的。"

我用一种听上去言而有信似的语气斩钉截铁地说道。之后我靠近他，握住他伸过来的手，感觉到自己与其说握着的是一只人手，倒不如说像是握着一只死鸡的爪子。不过，在那一瞬间，一丝战栗从我身体之中横穿而过，那并不是令人不愉快的战栗，对此我大吃一惊。

从那天起，我开始了夜以继日的陪护。

虽然这次是隔了好些年再次回到老家，但我连家都没回，一直陪伴在本应深恶痛绝的未婚夫床前。父母目瞪口呆地看着我这样做，但是，我理所当然地将这一切解释为自己因良心不安而采取的行动。他们将此事看成是我成为一个真正女人的征兆，并为此而喜出望外。

癌症晚期病人身上散发出来的怪味，我总觉得于我而言也是一种不可思议的神秘芳香，对别人像是勉为其难的这种事我也心甘情愿地去做。表哥甚至热泪盈眶地一个劲儿地向我道谢：

"难为你了，丽子，难为你了。"

"请你等病治好了再一并向我道谢，为鸡毛蒜皮的小事——道谢我会觉得你太啰唆了啊！"

我故意嬉皮笑脸地说道。

我很清楚，在病人眼里，我每一天都像圣女那样光芒四射。这个曾对我暴力相向的男人，如今我们俩却地位反转，任何事都只能对我言听计从，这一点让我感觉他太可怜了。我能够凭自己的力气控制住这个男人，甚至能轻而易举地折断他的手臂。一想到这些，我又突然看到表哥尽管是一副枯黄、瘆人的死相，但还是一个有着婴儿般魅力的存在。奇怪的是，我现在对他轻怜重惜，若能让他远离这时时刻刻都会临近的死亡，做什么我都心甘情愿。我真的为他的病没有治愈希望而悲痛万分，诅咒命运对这个年轻人不公平，甚至开始想着如果可能，我愿意代他生病。怎么说呢，我真的快要变成圣女了。

陪护的第三天，在恰好没有探视者的病房里，他突然痛苦地喘着气喊道：

"小丽，小丽！"

我将脸凑过去看是怎么回事，就发现他的目光之中切切实实地浮现出一丝平静和一种虔诚之色。

"好难受……请握着我的手！"

他有气无力地说道。我立刻紧紧握住了他那虚弱至极的手，那双手在我手心里微微颤抖着。

医生，就在那时，不知怎么回事，我突然听到了"音乐"，听到了那存在于自己体内，令我如此心驰神往的音乐。音乐没有马上中断，如泉水般迸涌而出，滋润了我干涸的内心。不是耳朵听到，而是用我的身体……医生，真的存在这种难以置信的情况吗？借助我的身体，我带着一种难以形容的幸福感，聆听到了那"音乐"。

十七

　　丽子的这封信，将我那好不容易冷却下来的兴趣又一次激发了起来，我的心再次被丽子这个患者所俘虏。

　　在与我没有丝毫关系并且我也没有预料到的情况下，她随随便便就听到了自己如此那般向往的"音乐"，这一点无论如何都令我焦躁不安。打个比方，有患者吃了医生开的药没有效果，就采了些路边的蒲公英叶子之类的熬水喝了，病反而因此一下子痊愈了。如果医生对这位患者特别上心的话，这种时候会作何感想呢？这一点大概不难想象吧。

　　让我的自尊心略微得到满足的，是我在事前具有的一种直觉，让我试图将焦点对准表哥，这位在丽子的分析病历中作为"应该厌弃的未婚夫""强硬地夺走她清白的人"的青年。说实在的，即便是这一点，在当时也是不着边际的，我根本没有预料到丽子的表哥会病入膏肓这种事，而且想都没想过丽子居然会在那种情况中突然听到"音乐"什么的。可以说，本以为胜利在望的我，如今却品尝了一败涂地的滋味。

　　但是，以上全都是基于丽子信中所讲均为事实这一前提，所以，如果那些是谎言的话就另当别论了。在此之前，我已经不知多少次为其谎言所累。她在多少有些距离的甲府医院的某个病房一个人所感受到的情况，按理说我在这里也无法得以确认，只好在姑且将其所言视为实情的基础上朝前走了。不！不论是谎言还是真实，作为明确的事实留下来的，就是她特意写信，将"我终于听到了音乐"这件事告诉我这一事实与想法。

不言而喻，精神分析是抵达真实的一个程序，但在分析过程中，有时也必须要对谎言和事实一视同仁地加以采用。第一，或许再没有比爱撒谎的惯犯更清楚自己所讲的是真是假的了，难道不是吗？

虽说如此，但说老实话，这一切对我来说不可避免地有一种隔靴搔痒之感。我所针对的对象理应是患者的精神状态，但再没有比从遥远之地寄来的这封信更能让我近距离地感受到丽子生理状况的东西了。在她诉说自己感觉不到性高潮的时候，无论她多么漂亮，也只不过是个没有头绪的精神的毛线团。但是，现在丽子握着垂死病人那黄色枯槁的手，如同雨后的小树那样被欢愉之水所滋润而熠熠生辉，这样的她给我一种深刻的肉体印象。精神分析医生这一行业，净处理些看不见摸不着的事情，医生心里也暗暗憋着一股子气，想要抓住亲眼所见的清晰而确凿的证据。实际上，尽管可以说我的期待半是出于良心，半是出于私心，但我还是幻想着，下一个接诊日或许就能亲眼看到她在我面前突然迸涌出生命之泉。

对精神这一永远无法证实的世界筋疲力尽，期望获得这种生理性的确凿证据。我相信这样的瞬间即便不光顾我，也会降临到大多数精神分析医生身上。那或许是恶魔的絮语，我在不知不觉之中便开始设身处地地体会到，江上隆一那种想得到她生理上的确凿证据而焦虑重重的心情。

"但是，"我坦然地自言自语道，"即便真的治好了，也不会保持下去，最后又会因为复发突然跑到我这儿来吧。"

——我的这种想法很快便被尽管没有同居，但也一直像夫妻一样生活的明美心领神会了。虽然她平时还说不上是个精明能干的护士，但在对我个人的心理把握上，她却是个出类拔萃的精神分析医生。

"你又在琢磨那个女人的事吧？"虽然嘴上还没有说出口，但明美的眼神、一举一动都在说着这样的话。她这个样子一半是出于害怕我，一半是出于怜悯我。

明美这次死乞白赖地要求我给她看丽子的来信，由于这并不是需要特别隐瞒的秘密，所以我就给她看了，但她读后脸上那种复杂的表情，真是相当值得一观。毫无疑问，明美最先想要脱口而出的话便是"她又在说谎啊"，但她急忙把那句话咽了下去。如果将信上所言视为谎言的话，就等于认可了丽子那高贵冷艳的性感缺乏症，还是将信中所写看作事实对她来说比较有利。

"哎呀，真是无聊，她果然也是个普通女人嘛！"明美说道。

"怎么是普通女人啦？这不是情况反常吗？"

我明明知道说这话会引起激烈的争论，但还是不由自主地反驳了她。

"哎呦喂，你这想法可真有意思！这位病人是为治好性感缺乏症来咱们诊所的吧。她这个病无论是在这里治好的，还是在银座的巷子口治好的，或者是在某个便宜旅馆的床上治好的，抑或是在枪林弹雨的战场上治好的，这不是我们需要知道的事情吧。不管情况多么异常，普通女人不就是普通女人吗？没有必要把那个患者区别对待吧。"

这一逻辑的的确确是女人的逻辑，荒诞不经，但这种时候女人的攻击，其攻击方法本身倒无关紧要了。在我顺口说出"怎么是普通女人啦？这不是情况反常吗"这句话的时候，明美从我的反驳中并未看到我那作为科学工作者的立场，而仅仅将其视作一种个人的抗议，认为我是在迅即进行防卫，以免自己对丽子持有的那种独特印象会因为她的话而分崩离析。这样一来，明美的反驳无论多么自私也无所谓了，她只要说些不断戳我痛处的话就完事了。可以说，从这一瞬间的直觉中我认识到，在女人采取攻势的时候，男人的逻辑可以说几乎徒劳无益。

"好了好了，我明白啦!"

"说'明白啦'这种话就是一种逃避问题的软弱啊!'分析必须要始终做到客观公平'，是谁总说这句话的？如果没有信心做到公平，就像一开始我忠告你的那样，不招惹那个患者不就得了嘛!"

被她这么说了一通，我就开始觉得是不是最好让这个多年的合作者走人。这样的想法是我第一次萌生的念头，但是，对迄今为止理解并支持我单身生活的这个女人，我心里不知多么感谢她。

不过，事与愿违，我那晚与已经疏远了一段时间的明美住进了常去的旅馆。一迈进旅馆，服务员领我们去房间的当儿，明美当场就开始了她所谓的"过家家"游戏，毫不顾忌外人的眼光，忙前忙后地照顾我。我脱掉上衣她为我挂到衣架上；我嘴上叼着烟卷她马上会给我点火，还为我调好洗澡水的温度，她变成了一个无微不至的居家女人。在这种情况下完全一副家庭妇女做派的女人，实际上一旦真的成了家，就立刻会变得傲气十足、四体不勤。

即便是明美，也知道在旅馆只有我俩的时候，要打动我这个男人，还是做个更加富于变化、非同寻常且焕然一新的女人比较合适。虽然她清楚这一点，但也必须要让自己那想"过家家"的欲望得以满足。尽管如此，她还是对结婚鄙夷不屑。

我很久没有和别人发生这种像姘居一样的关系了，刚一爱抚，明美的心就一个劲儿地怦怦直跳，就像简单至极的机械一般，呼吸很快变得急促起来。将这一点与刚才她那不怀好意的抢白联想起来，我与其说感觉到厌恶，倒不如说是同情。

明美呼唤着我的名字，反复说着她是多么爱我。我的身体渐渐发热，动作之中也加入了一些抽搐性的不规律运动。我总是感叹，在歇斯底里症的各种症状中，有如此之多是性亢奋的翻版。所谓歇斯底里症，大概就是一种复仇式的企图，尝试着纯培养①出这种性亢奋的健康肌体状况。但是，它不是通过"快感"，而全都是通过"疾病"来培养的。

即便是对男人多半失去兴趣的女人，随着愉悦的不断增加，之前一直洋溢在脸上的那种难以形容的笑靥，不久也会转变为极其严肃的表情。这一变化的瞬间不管怎样对男人来说都是难能可贵的。但是今晚，在酒店昏黄的台灯灯光之下，仔细端详着明美那神魂颠倒的样子，我突然从中发现了与她大相径庭的丽子的脸。

我从未注视过丽子这种销魂的神情，作为我来说，描绘出什么

---

① 指只在单一种类存在的状态下所进行的生物培养。

样的想象都应该是自由的，但即便如此，我从未想过竟然在明美脸上看到了丽子的神情！

随后思考这一点，我不禁对自己内心的疑问感到不寒而栗：那果真只是我的幻觉吗？抑或是明美的无意识力量被全部调动了起来，那个时候呈现出陷入销魂状态的丽子的表情？虽然不能过于推崇性亢奋与歇斯底里症的相似性，但就像宗教式歇斯底里症患者手脚上的圣痕，也并非不能用歇斯底里型症候群中局部的水泡形成或者是皮下组织毛细血管出血来解释那样，明美的肉体或许在无意识之中完美演绎了丽子的表情。

那是张可以说与圣特蕾莎相似的圣洁的容颜，她头发后面有背光，眼睛微闭，仰着脸，那极其美丽的嘴唇微微张开，端正的鼻翼翕动着……脸上洋溢着既不像是微笑，也不像是痛苦的表情，她的手紧紧握着濒死病人那瘦得可怕的枯黄的手。

毫无疑问，丽子因此而成为圣女，她超越了日常的谎言、真实、小烦恼以及恋人间的争吵等所有的一切，在那飘浮着耀眼云朵的天域，确确实实地在听着"音乐"。

十八

表哥去世后，丽子悲痛欲绝地参加了葬礼。

顺便提一下，在她沉浸在这无法治愈的悲痛之中时，她的父母、亲戚没有一人能理解她的悲痛，尽管这一点不言而喻，但她也必须对此有一个清醒的认识。

胡猜乱想的安慰，前后不一的同情目光……忍受这一切使她悲痛万分，无地自容。

"所以，并不是我不说，"父亲像是发牢骚似的开口道，"虽然说讨厌女儿，但真不知道她那样无知的判断在哪里出了问题。现在已是民主社会了，任何事都要尊重孩子的意志。但是，即便举行了成人仪式，二十来岁的人仍然还是对人生和社会一无所知啊。长辈凭借稳妥可靠的判断为他们做决定，到最后反而是当事人的福分呢！过去连丈夫长什么样都不知道就出嫁的女孩子大有人在，但也会因此而十分恩爱，能幸福地生活下去啊。现在女孩子反而这样那样地吹毛求疵，父母也和她步调一致，结果却因此错过了幸福。

"我直到最后都不同意丽子毁掉婚约，之所以如此，是因为我一直在等待丽子在某一天醒悟过来。但是，所谓的醒悟过来呀，却是这样一个悲伤的结果。要是这样的话，为什么不能早一点把她强行从东京带回来，让他们一起生活呢？我对此追悔莫及。

"但事已至此，说这些也无济于事了。现在，丽子如此满怀热情地照顾病人直到最后一刻，我只能认为病人本人也没有遗憾地解脱了吧。丽子也会因此而多少为自己赎罪了吧！"

另一方面，亲戚之中也有人用其他方式安慰丽子：

"小丽，我对你的心情一清二楚。小俊也有错嘛！我觉得他要是真心爱着你的话，应该表现出不管怎样都要去东京把你带回来的那份热情啊！他那么迟钝，畏缩不前，是他不懂你那颗虽然在心里并不讨厌他，但却故意离开他的女人之心哪！他得了不治之症后，靠这个病的力量终于能够把你拉回来，我觉得真是可怜呀！不过，我不得不认为，就在弥留之际，相爱的二人抛弃了虚荣与矫情，即便仅仅在一起也很幸福呢！"

父亲自然打算这种情况下就这样让她待在老家。但是，看到丽子过于悲痛，父亲又重新做回了那个溺爱孩子的自己，最后被丽子随心所欲地牵着鼻子走。

既然未婚夫已死，丽子本想大致服丧一年，在山里隐居，但大家还是烦扰她，那些不疼不痒的安慰更是伤透了丽子的心，她想尽快离开老家，这也是理所当然的。

于是，丽子不顾大家反对逃离了甲府市。那时，她首先去的并不是恋人江上的住处，而是我的诊所。

这天春光明媚，办公楼里那反应迟钝的暖气还没有停，因为室内过热会使患者精神高度紧张，所以我不断打开窗户。但是，开是开了，车辆的噪声毫不留情地传了过来，风也吹了进来，导致桌子那合成树脂板桌面上落上了一层白灰。这季节就是这番情形，各个方面都令人焦虑不安。

在会客的间歇，我来到候诊室，打开窗户，就像对抗那噪音与灰尘似的故意将脸暴露在外面，眺望着窗下熙熙攘攘的人群。此时，一个正在看对面电影院海报的女人映入我的眼帘。她手里提着女式淡蓝色旅行包和同样颜色的大衣，但洋装却是黑色的。感觉她像是在等人吧却又不是。她时不时地朝这边的大楼瞥上一眼，便又抬眼去看电影院的海报了。不过，她并不是饶有兴致地在看海报，首先是因为那个海报的内容是所谓的粗俗的战争片中坦克飞驰而来，战壕里的士兵东跑西窜的场景，这种暴力血腥的海报好像女人不会喜欢。

我立刻明白了，她那个样子是在犹豫着要不要来这边的大楼而左右为难。此刻，我才从四楼窗口认出那是丽子的身影。但是，她若是在犹豫要不要来我这里的话，应该盯着我诊所的窗户看才对。虽然窗口没有特别的标识，但她应该很清楚候诊室窗口的位置能够直接俯视那个电影院。然而，丽子一次也没有抬头朝我所在的窗口看，我试图向她招手示意也无济于事。

现在想来，那是因为丽子害怕抬头看诊所的窗户。在偌大的东京，诊所的一扇窗户才是如同她个人秘密的苗床一样的东西。她想象着在春天阳光的照耀下，那个秘密穿透窗玻璃（她不在的时候也是）不断生长，宛如温室中的花卉那样，开出了意想不到的硕大花朵，估计她是害怕这样的想象吧。

她像是最终下定了决心，横穿机动车道，进入了我所在的这座大楼。从她走进大楼一直到敲响诊所门的这段时间，等着她进门的我觉得时间流逝得很慢，犹如过去了几个小时一般。

我对自己能平心静气地迎接走进来的丽子感到欣慰，但令我吃惊的是，她完全没有了脂粉气，身体消瘦了许多，面色苍白，脸上没有化妆，甚至连口红都没涂。衣服上尽管也戴着锆石之类的饰品，但衣服就像一件一直遮到脖子的纯黑的长袖丧服。她的眼睛看着我，在她那张有些苍白、呆然若失的脸上，唯有这双大眼睛水汪汪的，显得生动迷人。她是个完美的服丧女人，是个悲伤的女人。露骨点说，她对自己听过一次的"音乐"一直保持着贞洁，为了宣誓效忠于那难以忘怀的愉悦，她一直装扮成"圣女"的样子。

着装也是一种症候行为，可以隐藏并能表达内心的欲求。我从她不施粉黛的容颜以及这身丧服之中，只是看到了她的愉悦。

"今天就不治疗吧。"我说，"我很清楚你今天的状态，所以你就把我当朋友轻松地聊一聊吧。但是，这里连个安静的地方都没有，只能请你去分析室了。"

"好的。一定要在那里说。"丽子说道，"我很想进那个房间，我来东京差不多完全是冲着这个房间而来的。"

她没有说想见我，这是客气，还是恶作剧呢？这一点我不太清楚，但她在听到"分析室"这个词时，就像要拿到点心的小孩一般，眼中露出了喜悦之色，她这一反应鼓舞了我。

此时，身着白色护士服的明美出现了，她板着脸说道：

"哟呵，好久不见啊！请把您没来那次的诊费给结了。"

"过一会儿交不行吗？"

"不行！一定得请您支付诊费，因为这就是治疗的一个环节。"

明美固执地催丽子缴费，我就由着她那样做了。收了钱的话，明美心里应该多少会畅快些吧。

——刚进分析室坐在椅子上，丽子就环视了一下没有任何装饰的室内，"这里总是很清静啊！再没有比这里更让我感到心情平静的地方了。"她松了口气说道。

"不觉得太热吗？要不要开一下窗户？"

"不，这样更好。"

她安闲自得地伸了伸懒腰。此时，不可思议的是，丽子不在眼前之时的那种性感的印象不见了，出现我眼前的，再次是一个焦躁不安的神经束，一个没有头绪的精神的毛线团，仅此而已。

"看了来信后，我对那之后的事一清二楚了。你有没有信中没能写出来的事要给我讲？"

"我觉得不管写了还是没写，医生您都会看透的。所以，虽然是同样的事，但如果每天都生活在那种奇怪的情绪之中的话，我感觉又像是要发病了……"

"是出现什么生病征兆了吗？"

"没有，毫无征兆。"她爽朗地回答道，"从陪护病床上的小俊一直到现在这段日子，我感觉好像自己还从来没有这么健康过啊。"

"那太好了。"我含糊地随声附和道。

"不过啊，医生，对我来说，服丧的每一天情绪都非常奇怪，我想您清楚个中缘由。我那么一丝不苟地护理小俊，心里念念不忘要想办法将他治好，他去世的时候我也沉浸在痛不欲生的悲伤之中，可在内心的另一面，我甚至自己都不知道该如何处理那每天都很充实的幸福。我非常清楚他无可救药，我所有的情绪已与他脱离了干系，这些不言而喻。因为这一安心感，我拼命地照顾他，为其祈祷，为其伤感，这些也是实实在在的。

"他去世的时候，我之所以茫然无措，是因为我深切地感受到我就这样与自己短暂的幸福感分别了。到了这一步，我那自私的情感以及与所爱之人死别时的那种单纯的悲伤，已变得完全无法区别，因为在不知不觉之中，我将令我如此讨厌的小俊与自己那莫名其妙的幸福感混为一体了。

"我要说一件最让我难以启齿的事哟！

"他去世后，家属、亲戚都聚在病房里，我将脸贴在那个人手上号啕大哭的时候，心情就像快要神志昏迷似的欣喜若狂，所以无论如何我都不愿意被人强行拉开。他的遗容如同骸骨，怎么看都不觉得俊美，但我却感到自己像是希望带着这种愉悦的心情和他一道被放入灵柩。

"我处处听到了'音乐'，它充盈于天地之间，轻柔地飘荡在我的身体内外。我所追寻的音乐，或许就是送葬曲啊。我觉得自己真的是个罪孽深重的可怕女人。"

"受到太多良心的谴责，将自己美好的情绪也解释为丑恶，这是一种病态呀！"我说，"你迄今为止一直太纠结于自己的情绪，但这次却完全是一种舍身忘我、无私奉献的心态，所以身心都变得自由自在，洋溢着一种女人特有的灵动，这种解释你觉得怎么样？精神分析的目的并不是把能够简单解释的事物特意复杂化。这样一想，你悼念未婚夫的心情也是非常自然的，没有必要将其看作是尤为罪大恶极的事情。"

"您说得太好了！"丽子心悦诚服地说道，"听了这些话，我也觉得自己渐渐有了这种感觉。"

"所以，你一直轻松快活、实实在在地保持着那种心态就行了。这样的话，肯定任何事情都会一帆风顺的。"

"医生，那是不可能的呀！"丽子这回突然情绪激动地反驳道，"那么，难道为了我将那种心态维持下去，就必须还要有人为我去死吗？必须还要有人得不治之症而痛苦万分吗？

"我只能认为自己是一个为了一己之乐而不断牺牲他人的可怕、不祥的女人。"

"你说的不对。首先，你所说的为了自己而牺牲他人的情况，难道不是与事实相反吗？未婚夫不幸得了不治之症，你没有受人委托却去照顾他，情况不就是这样吗？"

"所以……所以，我是只秃鹫，是只闻到死亡气味就兴冲冲地飞过去的乌鸦啊！"

她的身体被乌黑的衣服包裹着，一脸素颜，这么说来，确实存在让人联想到乌鸦的地方。

"你没有必要那么戏剧性地思考问题呀！"

"不，我是通过这次的事明白的，那就是如果不对问题穷追不舍，刨根问底，彻底将其戏剧化的话，我这个女人就无法听到音乐！"

"那样的话，请你无论如何也要斟酌斟酌。说句实在话，我也觉得你那乐于照顾未婚夫的心态之中，明显隐藏着复仇。但无论动机怎样，如果表现出来的行动值得称赞的话就行了。可以认为，社会上的美谈与慈善性的行为之中，有几成是出于性的原因吧。不过，即便如此，却不能说因为这一原因那种行为的价值就降低了。"

"哎呀，医生，您可真会挖苦人！"丽子脸上第一次浮现出像是疲倦似的微笑，"不过。我现在总觉得害怕，害怕得要死。怎么回事呢……"

"害怕什么？"

我温和地看着她的眼睛问道。此时，在她的脸颊上，一瞬间闪过一丝许久没有出现过的抽搐。

这个细微的、如闪电一般的抽搐，总觉得像是一只我无法看到的奇怪的小鸟。这只小鸟纠缠着她不肯离去，终于暂时离开她飞向了某个地方，但还是会重新出现在原来的巢中，随着翅膀的一闪，再次钻入她烦恼的内心，钻入那温暖、阴暗的鸟窝。

作为医生来说，这真的是一种万不应该的心理。不过，无法否认的是，预示着治疗失败的这一征兆，与其说让我灰心丧气，倒不如说给了我一种好似胜利之喜的感觉，因为我认为会永久离我远去的丽子，又回到了我的怀抱，这就是最好的证据。

但是，这一抽搐好像连丽子自己都没有察觉到。

"我害怕的是……我说，医生，这样下去的话，我肯定会变成一个只能在那种异常状况下，在照看即将死去的病人那样的状况下才能听到'音乐'的女人。所以，我觉得我像是要为了自己而毁灭他人。要是让隆一如此倒霉的话，这回我就算后悔都来不及了，我想我会觉得自己太卑鄙无耻，肯定会自杀吧。"

"你在开玩笑吧！年轻人怎么可能一个接一个得癌症呢！而且，隆一是那样一个生龙活虎的大个子，即便要他死他也死不了啊！"

"不过，我不明白啊！在那之后我还没和隆一见过面。我想对方也会很生气，但也没有办法。与他见面的话……与他见面的话，或许我又会感觉到自己好像希望他死去而万分恐惧。"

"那么不靠谱的事……"

"医生，这个分析室里，不要说'不靠谱的事'之类的话，任何事都会发生的呀！我深爱着那个人，所以我觉得我好像更不能见他了。怎么会有女人以一种希望恋人得不治之症的心态去与恋人相会呢！我无论如何都讨厌见他，不管怎样都很讨厌，就算是为了他我也感到讨厌。"

丽子说这番话的过程中情绪激动，眼泪顺着苍白的脸庞流了下来，她急忙拿出手绢去擦眼泪。

"你说的就是因为爱之深才不能见他，对吧？"

她默默地点了点头。

"那么，你说怎么办吧，就这样回老家吗？"

她就像个小孩子一般左右摇了摇那柔软、纤细的脖子。

"那么，你一个人在东京生活？"

"不！"

"那么……"

"医生，我觉得在我对未婚夫的回忆变淡了之前，最好还是一个人安静地生活。不过，总觉得那很可怕。夜晚那种时候，未婚夫的遗容在黑暗之中出现，像是在向我招手，我害怕自己会被他引诱啊！而且，与其在这杂乱无章的东京生活，我很想去那种与家人、亲戚隔绝的地方旅行哪！"

"这主意不错啊。但是，正因为你现在这种情况，要是真能和值得信赖的朋友一起出游就好了。"

“我没那样的朋友啊。”

丽子一动不动地低头沉思。很快，她抬起那分外清澈的眼睛，提出了一项让我意外的请求：

“我说，医生，您有没有兴趣和我一起旅行？”

十九

丽子到底是出于什么打算邀我去旅行的呢？刹那间我很难揣测她的心思，但我的心却在这一瞬间因为高兴而哆嗦了一下。

但是，我身为男人，若在这一瞬间听到"音乐"的话可就太不像话了，我很快不动声色地恢复了职业性的冷静。不过，这一瞬间犹如一道雨后彩虹，转眼间出现在我那灰色的职业荒原之上。即便她说的全是谎言，我也必须要珍惜自己这种作为人的本能的喜悦。

"那是理想的方式吧。"我略开玩笑地说道，"对现在的你来说，在医生陪护下出去旅行……"

"哎呀，我并不是在那个意义上向您提这个要求的啊！"

"那么，也就是说是和'值得信赖的朋友'一起，对吗？"

我说完这句话之后，连自己都觉得虽说今天没有进行分析治疗，但自己却是一副令人生厌的不客观的态度。

"您怎么认为是您的自由啊。我只是心不由己地约您一下，您要觉得为难的话就算了。"

她说这话的语气极其冷静和客观，所以我也不得不自然而然地回到那种公事公办的说话语气：

"不，虽然我也很想去，但毕竟太忙了啊！我只要离开这里一天时间，诊所的所有业务就都无法进行了。"

"真是遗憾哪，医生。"

"顺带说一句，既然你是我的病人，如果不告诉我动身的日期、目的地、旅馆名称、回东京的时间等信息，我会很为难的。你若像前些日子那样突然消失的话，我会很闹心的呀！"

"这次没问题的。医生您不和我一起去的话，我就这样提着包从东京站坐电车也行，要去的地方我已经确定了。"

她从淡蓝色的大衣口袋中取出一个小手提包，又从包中拿出一个更小的钱包。我饶有兴趣地观察着她这一连串繁琐的动作，想象着从那小钱包中再拿出来一个更小的，进而又从更小的钱包中再拿出来一个钱包的情景。或许可以说我无意中运用了弗洛伊德的象征吧。

最后她拿出来的是两张票，一张是乘车票，一张是对号入座的快速列车车票。电车十二点五十二分开，还有五十多分钟就要发车了。

"我在甲府的旅行社定的票。"她补充说道。

我不由得怒不可遏，作为一个男人，我在心里义愤填膺地骂了句："骗人！"同时，觉得要掩饰现在这一窘态的，只有作为医生的职业性面具了。

开往伊豆南端S市的直达快速列车每天应该只有一两班，所以票并不是轻而易举就能拿到手的。正因为如此，丽子毫无疑问也是很早就在老家的旅行社拿到车票的。原本去S市疗养是她离开老家之前就定好的行程，今天早上到新宿后，为了打发剩余的时间才临时起意来拜访我的吧。即便来找我果真是此次旅行中一项重要行程，当她看着我的脸，真的像是一时兴起想到去旅行那样，耐人寻味地用"我说，医生，您有没有兴趣和我一起旅行"这句话来邀请我，与其说这是一时的心血来潮，倒不如说只是她的诡计，通过戏弄我来观察我的反应。就算我答应下来，应该也买不到同一趟电车的车票。即便我不切实际地想去其他地方，目的地她也早就决定好了。我想丽子多半也定好了宾馆，正如我料想的那样，她坦然自若地补充说道：

"住在 S 观光宾馆，预计在那里待上四五天。这样行吗？"

我让她将出发日期、目的地与宾馆名称都告诉我，她均按照我的要求告知于我了，所以，作为患者，她并没有什么不妥之处。

这个和往常一样巧妙筹划出来的小把戏，再次让我对这个麻烦的病人产生了一种特殊的情感。

"是这样啊。那么，祝你一路顺风，希望不会发生那样的事。不过，要是感觉有什么精神不适的话，请不要客气，随时打我电话。总之，我觉得现在的你，在新鲜的空气和美丽的景色之中慢慢休养身心是最好的呀！"我无关痛痒地说了些分别的话。

"谢谢！"

她也乖巧地鞠躬致意。

二十

　　丽子离开之后，我立刻感受到一种想随她而去的冲动，但一想到明美，我也就偃旗息鼓了。我真切地感受到此刻自己被明美束缚住了。平时把明美权当一个召之即来的女人大加利用，这实际上却是我自己（在自由的错觉之下）被明美捆住了手脚。

　　不出所料，丽子刚一离去，明美立刻就走了过来，出言不逊地骂道：

　　"那个病人潇洒地拎着包，是怎么回事啊？"

　　"她来打个招呼，说是一个人要去静养。"

　　"一个人？开什么玩笑！肯定有个男人在车站等着她呢！或许是个黑皮肤的美国大兵什么的，她是不想让医生看到吧。"

　　这句话点燃了我内心中的某种东西。丽子在我眼前从门口离去之时，在我那想要随她而去的念头之中潜藏着这样的疑惑，这点被明美揭穿了。这种时候的明美，简直就像我的潜意识一般，在我注意到这一点之前，就抢先一步察觉到了我内心的秘密。

　　此时，中午十二点的报时声透过窗户传了过来。

　　"呀，午休时间到了，我们去找个地方吃饭吧。"

我和明美一周有好几次都去这座大楼地下的中餐馆、单点菜品的餐厅、寿司店等地方简单用餐。不过，在我想进行调查工作的时候，有时会订一些快餐在这里吃，有时明美带着助手儿玉出去，或者我自己一个人溜达着出去吃，一直是见机行事。我不能错过这个好机会，尽可能板着脸说道：

　　"不，算了吧！今天我一个人出去吃。"

　　听明美说了那些讨人嫌的话之后，我这种赌气要一个人待着的态度也是顺理成章的。

　　——一走出大楼，我忌惮明美那从四楼窗口盯着我去向的目光，就在大楼后面转来转去找出租车。自己行为的卑鄙无耻与作为科学工作者的探索欲望混杂在一起，变得无法区分了。当然，我已经无法利用研究病人这一伪善的借口来完全掩盖这种行动了，可是……

　　若说我的情感因为嫉妒和愤怒而心潮澎湃那就太简单了，毋宁说情感之中失败感更浓重一些，那种想要亲眼进一步确认自己惨状的受虐般的冲动正在发挥作用，这样说才更确切一些。

　　我在东京站八重洲进站口下车的时候，时间才十二点半。万一丽子真的是一个人出游的话，我准备一个临别赠送的小礼品就能做挡箭牌，所以我在车站的小店铺中找到一家书店，买了本袖珍版的《女性与精神分析》，这本书是研究精神分析学的朋友最近写的，对精神分析学的解读非常通俗，在最近出版的介绍精神分析学的书中（只是漫画插图实在太马虎，让人无法接受），这也是一本将新的学说以通俗易懂的阐释巧妙地加以介绍的书，非常值得推荐。

　　车厢是四号车，座位是九号，这些信息都清晰地刻在我的脑海中。在车站和她碰头，一起出发去Ｓ市旅行的男人，是个什么样的男人呢？若是隆一这个年轻人的话也就没必要向我隐瞒了，所以肯定是一个新结交的男人，但那是个什么样的男人呢？在表哥死后还没多久，她在人言可畏的小城市结交了新的恋人，这个男人从事什么职业？多大年纪呢？……再反过来一想，她的诡计只是故意向我隐瞒与隆一去旅行这件事而让事情看上去更加复杂，如果去看的话，端坐在她旁边的，或许还是隆一这个一成不变的年轻人吧。

我脑海里浮想联翩，就买了站台票，穿过人群朝检票口走去。如果一个我不认识的男人装模作样地坐在她旁边座位上的话，我应该说些什么呢？我应该采取什么样的态度呢？关于自己的理性我还是十分自信的，但一想到自己只能嗤嗤冷笑，除了最终认可那个男人，看着他们离去之外别无他法，我自己都觉得讨厌了。

一过检票口，我就上了直达 S 市的快速列车即将发车的月台。电车已经到站，尽管离发车还有十分钟，大部分座位也都坐满了。我上了四号车，正在找 A9 这个座位的时候，"我的天哪！医生！"一个爽朗的声音传了过来。我发现丽子已经坐在那个座位上了，一个戴眼镜的中年妇女面无表情地坐在她旁边的座位上。她的的确确是一个人出游！此时，她肯定也察觉到了听到她打招呼而回过头来的我那脸上的微笑中闪烁着一种异常喜悦之色。

"哎呀，我是来附近吃午饭的，突然想起来你要走就过来送送你。喏，这个给你！"我把书递给她，那双手真不争气，微微颤抖着。"请在电车里翻翻，权当学习。"

"哎哟！作业？"丽子天真烂漫地耸了耸肩，其动作之中存在着宛若女学生那样的单纯，我甚至觉得自己平时所想象的令人费解的丽子形象，或许并不是空想过程中形成的印象。

在发车前的几分钟里，我若无其事地和她闲聊着，但心里却疑心重重，暗中四处张望，怀疑同一车厢中会不会有个与丽子同行的男人与她分开而坐。这是种想想就觉得没有道理的疑虑，如果我不考虑来送行这件事的话，丽子就完全没有必要在东京这个地方顾忌他人的眼光。每个座位上坐的都是情侣或者是一家人，没有看到像是与丽子同行的男人。

"铃声响过之后，本次列车马上就要发车了，请送亲友的朋友尽快下车。"车内广播里提到的铃声终于响了。

"真的很感谢您，对我这么好。"丽子毕恭毕敬地向我致意。

"那么，一路顺风。如有需要写信告诉我的事情，请写下来寄给我。"我说。

或许是将我这句话看作是相当落伍的愚钝男人劝人时用的老一套吧，丽子旁边那位戴眼镜的大妈抬眼用她那深邃犀利的目光打量了我一下。

我走下月台。电车开动了，丽子那微笑着的白皙的脸庞，变成了一个影像，那种未施粉黛的空虚感觉正如贴在窗玻璃上的蕾丝手帕一般，从我的视线中消失了。

二十一

　　就连我（或许也是因为彻底查明丽子是一个人旅行而大体放下心来的缘故吧），虽然疑心起来没完没了，但总算恢复了冷静，在下午一点过几分的时候慌里慌张地回到了诊所。一回诊所我便向约好一点见面的患者道歉，随后就顺理成章地着手进行分析治疗。

　　这个患者是常见的交流恐惧症，大致已朝着痊愈的方向发展，所以我心情也比较轻松。那之后的几天里，我心里虽然挂念着丽子的事，但工作忙忙碌碌，最终也没有做出医生特意给旅馆打电话那样的不体面的事。过了一周，在我渐渐变得心急如火之时，丽子寄来了一封厚厚的快信。而且，这封信讲述了出乎意料的新情况。

　　……

　　汐见医生：

　　您能容忍我的任性到何种地步呢？我迟早会被您弃之不顾吧？我常常被这种巨大的恐惧所支配，请至少允许我以这样写信的形式详细地将自己的心情变化和并非由于自己的责任而发生的事件向您汇报，我只希望您能从中理解我的诚实。

在 S 观光宾馆入住的第一天，我品味着这份久违的、不为任何世事所烦扰的孤独，读着您给我的书，心高气傲地想着接下来是不是可以给您写一封与过去不同，多少超过自我分析水平的信。

这个旅馆位于伊豆半岛南端面朝大海的山崖之上，其景色之美可谓世所罕见。春天的西风呼啸猛烈，虽然这一点美中不足，但即便仅仅从房间窗户眺望海湾、深邃的峡湾、拍打着恰到好处地分布在海湾各处的岩石的白浪、海面上来来往往的船舶也不会觉得索然无味。刚一来这里，我食欲大增，甚至让我对自己过于功利这一点感到可笑，即便是许多拖家带口的客人不断向美国生产的娱乐器材、单人自动赌博机与投币式自动点唱机中投入零钱来寻开心的那种吵闹的娱乐室，我也能够毫无抵触地出入其中。只是放眼望去，孤身一人的女客人似乎就我一个，这一点说不好意思吧，还真的不大好意思。就在傍晚时分，我在大厅看到一个身穿黑色毛衣，孤身只影的忧郁的青年（虽说是青年，但也还是二十岁上下），总觉得此人也是独自旅行，但随后便再也没有见过他。

第二天，我吃过早饭去旅馆庭院散步，庭院朝西南方向伸展，下了长长的石阶向南走，途中的斜坡上栽种着采用石垣栽培技术培育的草莓，可以零零星星地看到塑料棚下已经成熟的红色果实。仅是看到这番情景，就像感受到草莓那清爽的酸味转移到了口中似的，我觉得自己整个人都神清气爽。

医生，尽管我现在是一种寡妇那样的心态，觉得这种生理的健康就是对死去之人的愧疚，但这样说恐怕会有人责怪我

106

吧？虽然看到了耀眼的蓝天，但我眼中那里却是浮现出一块巨大的黑纱，我就是这样一种被那个人的死迷住但却奇怪地感到神清气爽的状态，我觉得或许这种状态才是所谓的幸福。隆一那样梦寐以求的性的愉悦，我那么迫不及待地想听的音乐，如果听过一次之后，这种无欲无求的清福反而会来临的话，甚至可以认为愉悦本身从一开始就是空洞而无意义的东西。不过，不管怎样，我现在对自己曾恨之入骨的表哥却持有一种感激之情，那是我从未对任何男子持有的感情。啊，对不起，汐见医生您除外。

在下到石阶尽头的地方，有一个池塘，明明仍是西风凛冽的季节，池塘却蓄满一泓清水。又不是夏天，朝池塘方向走下去的话，估计我就可以一个人呆在那里吧。出乎我的意料，池塘四周热闹非凡，新婚夫妇在相互拍照；一家出游的在给小孩子拍照；孩子们一点儿也呆不住，在池塘周围跑着。其中，有两对带着小孩的年轻夫妇，两位丈夫看上去像是一脸认真地在商谈着什么，原来是在水泥地面上掷骰子。其中一方刚说了句"他妈的！输了！"就刺溜一下脱了西式服装，露出里面早已穿好的游泳短裤，铁了心地一个猛子扎进了冰冷刺骨的池塘。他这一举动令我目瞪口呆，周围的人躲闪着溅起的水花，大笑着急忙离开了那里。我就是我，内心非常羡慕他们，这么单纯的人们，估计永远与精神分析之类的事情无缘吧。但另一方面，对带着孩子来到此种地方且幸福地喧闹着的那两对夫妇，我的内心也萌发了一种无法形容的轻蔑之情。

我躲着这样的人群，出了池塘尽头的栅栏门，来到朝大海方向延伸下去的路上。虽说是路，但也是不太安全的曲折、陡峭的山路，梅雨季节的话脚一滑就会踩空的斜坡，在草木之间忽隐忽现地延伸着。好在后面没有人跟来，所以我觉得自己为了品味这份孤独而朝大海方向走下去真是聪明之举。在向下走到大约一半路程的时候，我驻足而立，朝大海方向极目远眺。

那是向西面深深切入陆地的峡湾，西风将波浪推了回来，使它那想要猛烈冲刷峡湾的精心的努力分崩离析。上午的阳光使峡湾一带闪烁着耀眼的光芒。

此时，我看到一块伸向海面的巨石那凸起的顶端上停着一只像是黑色海鸬鹚那样的鸟。那是一只体型巨大的鸟，颜色漆黑，因为它怎么都飞不起来，所以令人心情郁闷。但不久我发现，这是因为我的眼睛被耀眼的阳光所蒙蔽的缘故，那千真万确是一个人在蹲着。这样一想，我发现那确实是个人，黑裤子配着黑毛衣，只有白衬衫的衣领那一道白线围着脖子。我脑子里想到的，就是昨天傍晚在大厅看到的那个独自出游的青年，毫无疑问就是他。于是，我不由得觉得像是从他身上看到了自己内心所想，就没有心思再往下走到那里了。我慌慌张张折了回来，从依旧喧闹的池塘边的人群中穿过，回到了宾馆房间。

那天一整天，那个青年蹲在岩石上的身影在我心中怎么都挥之不去。孤身一人在那种地方忧郁地注视着大海的人，绝不可能是幸福的。而且，从远处也能够看到，岩石尖端呈现出非常容易滑落的不稳定的形状，那无疑是个危险的地方。那个人心里肯定潜藏着一件使他不顾那种生命危险也要去做的事情。

那是什么呢？我的心完全被这一疑问所困扰，昨日的宁静已不知消失到了何处。我不知道为什么那种陌生人的心灵会在我的内心投下阴影，但那蹲在岩石凸起上的穿着黑毛衣的身影，不管我怎么驱赶，它都像不祥之鸟那样又蹲在了那里。

那天从早到晚，不知怎么回事，我和那个人虽然住在同一家宾馆，但我却没有看到他的身影。我心中渐渐充满了不安，想着要不要去前台问一问他的情况。但是，在前台打听其他住宿客人的来历让我觉得有点不好意思，而且，他或许从事着电视编剧之类的工作，所以在那种地方构思。虽说电视编剧的话也太年轻了，但若是天才气质的人也就不足为怪了。

我本来打算这样想想让自己心安，可身体一挨着床铺，精神就越发兴奋起来，最终那天晚上还是依靠安眠药入睡了。我对带安眠药来这里这一点半是庆幸，半是诅咒着那种需要它的情况。

自从小俊死后，我怀疑自己对人之不幸的嗅觉是不是比常人更加敏锐了。自己有时一产生幸福感，不是立刻就想亲自毁掉它吗？不是在急切地寻找像是能将其摧毁的东西吗？梦中那个亲切而又让我讨厌的剪刀又出现了，它将我的喜悦剪得七零八落，随意地剪着我的圣女之衣，试图使我一丝不挂。我拼命保护着自己不被这把剪刀剪中而发出了一声呐喊，刚喊出声我就一下子醒了。

二十二

　　丽子的信过于冗长，讲述过于细枝末节，所以，我觉得最好还是将信的后半部分概括介绍一下。

　　翌日，丽子再次朝着大海方向走下去，再一次被岩石上黑色海鸬鹚般的身影——那个穿黑色毛衣的青年的身影所阻挠。但是，这次她鼓足了勇气，主动向青年走了过去。

　　从这里我们可以看出她新的行动基准，那就是看护的本能。这种本能给予了她一个尽义务的心态，或者说合乎情理地采取行动的借口，同时有助于促使她朝着目标行动。正如她自己所说的那样，她变得对死亡和疾病异常敏感。

　　不用说，这位青年隐藏着想要自杀的愿望。她和青年在岩石上进行了如下对话：

　　"一直上到这里真的很吓人哪！您经常在这种地方看海吧？"

　　"别理我！"

　　"昨天我也看到您啦。"

　　"你不要打搅我就行！"

　　"总觉得有点担心您。"

"……"

"您住在宾馆，对吧？"

"嗯。"

"住到什么时候？"

"这个……我不知道住到什么时候。"

"我也是呀。"

"……"

"请问，您不会想要自杀吧？"

能够直截了当地询问如此失礼的问题也的的确确是丽子的做派，但回答这一问题的青年就那样尴尬地微笑着，一点都没有觉得诧异。

"是呀！那又怎么样？"

"总觉得我能够理解您。不过，我并不是特意来阻止您的。"

"用不着你操心！"

像这样断断续续的对话过后，丽子莫名其妙地变得心情舒畅，从石头上走了下来。之前一直冷淡地目送着她的青年，突然追了过来，这样说道：

"请不要向宾馆的那帮人提及此事，因为那样会很烦。而且，我说自己要自杀，也仅仅是为了满足你的好奇心，是没什么意义的玩笑话。好啦，你答应我不向大家提这件事。"

此时，丽子第一次能够目不转睛地端详青年的脸庞。他面色白净，五官端正，眼睛清澈如水，但总觉得缺少了一点生气。当然，或许是那种甚至想要自杀的精神忧郁使他失去了活力，那种根源性的、植物性的一面，在皮肤上，在脸部表情上均呈现了出来。总之，丽子的直觉从一开始就告诉她青年并非危险的生物，所以她能够如此大胆地走近他。

从此时开始，丽子那毫不留情的盘问就开始了。回到宾馆后，下午也好，晚上也罢，她假托有事，试图一点点摸清他自杀的动机，但是他却闪烁其词，始终不肯坦言相告。这种盘问现在已经成为丽子人生中至关重要的工作，没完没了、含混不清的问答也已成为两人之间的游戏，青年看上去也开始乐在其中。

接下来，在第三天晚上，青年终于邀请了丽子来自己房间，喝得酩酊大醉之后，他说出了这样一番话：

"我大致明白了你对我如此感兴趣的原因。你患有一种神经官能症或者是歇斯底里症吧。我或许也患有某种神经官能症……总之，你大概也是自杀未遂，想找一个谈话投机的聊天对象吧。"

"开什么玩笑！我非但不是自杀未遂，甚至连自杀都没想过啊！"

"算了，不想说的话就不说好了。我非常讨厌坦白完自己的耻辱后死去这种事，但我总觉得像是只能对你坦诚相告。我是个怪物嘛，可不是普通人哪！"

"哎呀，您这副老实的样子是要……？"

"请不要打岔！"

接着，青年运用自己手到擒来的文学修辞，采用"冰柱"啦，"一块长毛象化石"啦，"仅仅具有自我意识的透明机械怪物"啦，"人类最后一个男人"啦等各种各样的比喻来分析自己。当然，他这样的解释并不是轻而易举就能理解的。

"你要是人类最后一个男人的话，我就是人类最后一个女人啦！"

丽子终于笑出声来。

正因为这个青年在这种宾馆住了不少时日，所以他像是个富家子弟，手上戴的也是名贵手表，住的房间也比丽子住的宽敞。

丽子考虑着自己要不要再更进一步冒昧地问问最后一个问题，但她还是忍耐着等青年坦白。夜深时分，一番胡说八道之后，他坦白说出自己是个性无能的人，为此想要自杀才来这里的。一说完他便嚎啕大哭起来，将脸伏在了床上。

……

读到信中这个场景时，我实际上感受到了一种无法言说的郁闷。信件整体将开始部分设置得罗曼蒂克，后半部分设置得滑稽可笑，这种技巧就不说了，患有性感缺乏症的女人偶遇性无能的男人这样的事情也太捉弄人了，我对此怒火中烧。

这肯定是独自出游的她在脑海里描绘出来的空想。即便假定她那种再次撒谎来试图欺骗我的戏谑用心本身并无恶意，但针对女性性冷淡和男性性无能的这种无缘无故的讽刺和污蔑，着实令我觉得是一种令人不悦的低级趣味。她将人当作玩物，而且，如果以上那种不可能发生之事实际发生的话，她将自己性冷淡作为挡箭牌来试图揭穿青年性无能的那种执拗的盘问之中，展现了某种极其不诚实的待人态度。就在前几天还是圣女的她去了哪里了呢？

以上故事之中，假定存在着真实性要素的话，那正是她一开始从池塘边走下陡峭的山路时低头看到的那一瞬间——海边岩石上那个像鸬鹚一样的身影。下一瞬间，她肯定凭借他人无法企及的敏锐的直观，看穿了那个黑鸬鹚一样的人影是个性无能者。

后面讲的都是些荒唐可笑的小花招。青年酩酊大醉的坦白，是不大可能出现的情况。这种处境下的青年，越醉越是头脑清醒，肯定与真实的告白相距甚远。

但是，仅仅相信她的直观的我，觉得在这封长信中，或许只有前面一点才是真实发生的场景。两人的相遇与其说是偶然，倒不如说是必然，在海风、幸福之人的欢声笑语与涌起的绿色波涛之间，唯一确切的事情便是不幸辨别出不幸、匮乏识别出匮乏这一点。不，志趣相同的人之间经常是这样相逢的。

二十三

　　我心里不知不觉对丽子的谎言产生了深深的戒备，对作为主治医生理应答复的回信也懈怠了下来，就这样一直拖着。一个原因便是我也有一种恐惧心理，担心丽子会进一步扰乱我的精神生活。

　　另一方面，江上隆一也没有和我联系，加上这段时间阳光明媚的春日好天气一直持续着，我将丽子这一案例从心头抹去所需要的适宜的条件已经具备。过去我从未考虑过这种事，但这种情况，为了修养身心，我也在考虑要不要带明美一起去温泉旅行。

　　就在这当口，诊所突然收到一封奇怪的匿名信。

　　精神分析学是一种破坏日本传统文化的东西。欲求不满等消极的假设，是在亵渎日本人朴素、良好的精神生活。日本文化的谦恭明明一直忌讳对他人之心追根问底，但这种从所有人的行为之中挖掘出性的原因，并据此来解放压抑的龌龊下流的教义，是从西洋最堕落、最下贱的头脑中产生的思想。尤其是你这个犹太式思想之俘虏的浅薄御用学者，真是一个如同在纯洁高尚的人性中产下肮脏之卵的银蝇一样的男人。去死吧你！

读了这封信的明美吓得瑟瑟发抖，认为肯定是来自右翼的恐吓信，就要立刻给警察局打电话。

"算了吧！第一，这封信里不是没有写任何具体恐吓的话语嘛！看作是精神分裂症患者所为也极为合乎道理。信也很简洁，肯定是我们诊所太受欢迎了，同行眼红才会写这种内容的信寄过来。首先，把如此抽象的信说成是恐吓信拿到警局的话，最终会被警察当作笑话吧。"

我这样告诫明美，她的反应却像是借此认识到了她平时一直没有注意到的我那种可靠的男子汉气魄。我就是我，心中也并非没有"就是右翼恐吓信的话也没什么"这样的想法。

因为如果真是这样的话，首先，会撩拨起我那种微妙的虚荣心，觉得自己的工作第一次受到了政治意识形态的批判。其次，会成为一种有趣的资料，让人预见到日本法西斯主义的美国式成长。

受纳粹迫害而移居美国的社会学家洛文塔尔[①]在其著作《欺骗的预言者》中，提到了美国的右翼对精神分析学的攻击，他这样说道：

"关于自由主义式启蒙的所有象征，都成了他（煽动者）的攻击目标。心理学尤其是精神分析学被揪了出来，受到了沉重的打击。"

之所以如此，是因为它动摇了"朴素的美国人"的坚定信心。如果像在美国那样，反动势力在日本也将其作为攻击目标提出来的话，精神分析学的社会重要性就会在这一程度上被认识到吧。

但是，我的白日梦总是不了了之，那明显不是右翼的恐吓信，

---

① Leo Lowentha（1900—1993），德国社会学家、文学评论家，代表作《文学、通俗文化和社会》。

这一点我随着时间的推移，渐渐弄明白了。之所以这样说，是因为以这封信为开端，之后连续几天都收到了相同笔迹的奇怪的信或明信片，多的时候一天能收到两封。

既有"个人生活的破坏者啊，靠私人秘密吃饭的家伙啊，以死谢罪吧"这种慷慨激昂的内容，也有"请早一天放弃你那卑鄙的工作！你就没有注意到你在亲手伤害人类的尊严吗"这样劝说语气的，还有"你压根儿就不认为你在牺牲别人重要的秘密来牟私利吗？托你的福，我不得不选择死掉"这种特别怯弱的内容，明信片中也有只画漫画的，一只如同牛头犬那样的奇异的怪物，把"汐见"字样的姓名牌当作项圈套在脖子上，它正双手托着柔弱的人类在口中吞食着。这幅戈雅风格的漫画，让人感受到写信人那雍容娴雅的教养。

日复一日，我开始盼着这种风格千变万化的来信，注意到那种就精神分裂症患者来说实在过于条理分明的措辞，最终出自同一个愤怒之源，暗藏着同一个目的。即便我没有什么了不起的侦探那样的才能，也开始对写信人的情况深信不疑。

不久信里就开始要求见面，之后措辞就变得天真率直，完全判若两人。我虽然不知道其背后的隐情，但看上去写信人的怒气好像不经我出马就渐渐平息了。不但如此，甚至语气也表现得煞是洋洋得意，像是想要炫耀而招呼朋友来听自己讲一般。对他这种异常变化我非常纳闷，同时也开始觉得匿名的写信人也到了快现身的时候了。

他在信中对之前的出言不逊表示道歉，花了不少字数来为自己辩护，说他这个人即便我见了也绝不会有什么危险。不只如此，他还表示一直以来对医生的那种尊敬之情，才使他采用了这种逆反的形式，自己绝不会给我个人添麻烦，我见他一面就会明白他是这样的人等，写的净是这些话，丝毫没有涉及话题的核心。随后，他自己定了见面的时间和地点，我当然不会去。于是，他便寄信来发牢骚说自己空等一场，想着或许是我认错了人，所以就随信寄来一张自己的照片。看到照片，我没有感受到那种出乎意料之外的满足，那的的确确是一张"面色白净，五官端正，眼睛清澈如水，但总觉得缺少了一点生气"的青年身穿黑色毛衣的肖像。这一次我自己指定了见面时间，回信说如果打算支付初诊费以及检查费的话，我很乐意在诊所面谈。青年即便支付这些费用也肯定会来吧，因为我没忘记丽子在信中提到的青年戴着名贵手表这句话。

二十四

　　青年群体的神经官能症病例日益增多，最近一个时期，乍一看身体健康的青年也开始随随便便就来诊所看病了。就我来看，与过去那种由神经衰弱一词所想到的脸色苍白的知识分子型患者相比，毋宁说从外表难以想象的那种身体健康的运动员型神经官能症患者像是在不断增加。"健全的精神寓于健全的身体"这样的谚语，实际上是误译。罗马诗人朱维纳利斯原作中的这句话，是暗含着"健全的精神啊，存在于健全的肉体之中吧"这一愿望的表达，这一点不得不说的确意义深远。

　　即便是相同的神经官能症，伴随着肉体痛苦的歇斯底里症是女性的症状，男性的强迫性神经官能症以精神痛苦为主要症状，在这个无人读书的社会上，尤其是讨厌读书的年轻人，拜神经官能症所赐，平生第一次为精神痛苦所困扰，应该说简直就是具有讽刺意味的状况。他们患神经官能症的原因肯定在于性上，这一点甚至不用进行弗洛伊德式的分析。或许是因为男性的性欲原本就是观念性的，所以，在升华①上失败的观念性性欲，露骨地发挥着其幼稚的观念性，构成了他们精神痛苦的核心吧。在一般认为性的解放已大功告成的当今时代，虽然居住在和外国不同也不存在宗教式压抑的现代日本，但现代的普通青年的头脑之中，仍然盘踞着各种各样的性压抑，这一点对我来说是个有趣的发现。

却说在约定之日的约定时间现身于诊所的黑毛衣青年，与上面所讲的近期动向相比，属于极其古典式的"神经衰弱"类型。他的确眼睛清澈，脸部也如同象牙雕刻一般纤细、白净，那美貌给人一种所谓的"长安贵公子"②那样的感觉，但遗憾的是总觉得没有活力。可以认为这或许是我读了丽子的信所形成的先入之见的缘故，但今天他没有穿那件象征着孤独的黑色毛衣，而是穿了套做工精良的浅色西装，从这身打扮也可以想象到他是一位相当有钱人家的公子哥。

他刚好在约定的那个时间来了，但是，这一点却稍稍改变了我对他的印象。明美一说初诊费的事，他就满不在乎地交了，接下来跟我进了分析室。

"这个房间，"他不安地四周打量着什么都没有的分析室的墙壁说道，"是弓川丽子经常来的房间吗？"

这个问题对我来说一点都没感到意外。

"不，不是。我这里有三间同样的分析室，弓川女士诊疗使用的是隔壁的房间。我觉得还是用不同的房间比较合适啊。"

---

① 指弗洛伊德精神分析学说心理防御机制中的一种，是指将某些不能接受的目标或目的转变为社会所赞赏的目标和目的，与此同时，本能冲动继续得以满足。这种升华作用为本能开辟满足的途径，而不像神经官能症性防御机制那样，将本能冲动转化或抑制。
② 原指住在长安附近的五陵贵公子，在此比喻富豪或官宦家的子弟。

"您什么意思？"

"没什么意思。"

"一开始就来这一套，心理学家可真是令人讨厌啊！"

青年说道。但是，一看到明显是为了激怒我而说的这句盛气凌人的话竟没有发挥作用，他便心神不宁地缄默不语了。我就是我，觉得"花井"这个姓氏确实与这位青年非常相配。

想来花井担心我在这个光线暗淡的密室里会对他做什么，在他身上找出被害妄想症的征兆易如反掌，但我也不能过高估计初诊患者的不安。

等了一会儿，明明我还没开口，但渐渐心急如火的花井突然朝着我这边这样说道：

"医生，您读过司汤达的《阿尔芒斯》吗？"

真是惭愧，我文学修养不足，司汤达的作品中我知道的也就是《红与黑》和《帕尔马修道院》，《阿尔芒斯》这部小说闻所未闻。

"不，我没读过。"

"内容您了解吗？"

"不……我一点也不了解。"

"您不会是装作不知道吧？"

"不，我自以为傲的优点哪，就是绝对不会不懂装懂。"

"那么，您是真的不了解啦！"

"是的。"

"真是学习不到家啊！"花井撇了撇薄薄的嘴唇笑了，"我本来特意想就主人公奥克塔夫在最后自杀是否正当这一点问问您的看法呢！"

之后我读了《阿尔芒斯》，了解到故事主人公奥克塔夫是个性无能者，在小说结尾完成了英雄式的自杀。如果我了解这本书的话，就能从花井的暗示水到渠成地进入他的内心了。与文学相关的丰富的知识对精神分析学者来说也是必要的，我深切地认识到了这一点。

　　如果将花井假定为患者的话，或许可以说他就是那种对分析治疗极不配合，从一开始就身着铠甲反抗医生的患者典型。在这一点上，他和丽子最初的时候相似，但比丽子更具攻击性。因为我沉默不语，他便极力争辩，其唇枪舌剑，就好像他肉体上的无能，全部在智力上集中得以体现一般。

　　"那么，医生，我问您，所谓'治疗'，是怎么回事呢？所谓通过精神分析的力量来解除患者的压抑而'使之痊愈'，是怎么回事呢？可以将其看作是恢复社会性适应，对吧。"

　　"嗯，算是吧。"

　　"我对精神分析在美国流行的原因一清二楚。也就是说，它限制了丰富多样的人性，把迷途的羔羊一只一只带回来，放入平均主义的牢笼之中，是一股为此目的而迎合肤浅之人欲望的流行风气啊！拜精神分析所赐被'治好'的人，会变得每个星期天都去教会吧，会变得老老实实地出席左邻右舍举办的无聊的鸡尾酒会，会变得兴高采烈地被老婆派去超市买东西吧。而且，路过的熟人会拍拍他的肩膀，面带微笑地这样说吧：

　　"'真好啊！病治好了，现在你是我们真正的朋友。'

　　"我有时会想，美国的精神分析学者会不会从政府那里领一笔钱呢？人无论多么愚蠢，如果对他说'我要把你蒙在鼓里'的话，他还是会有反抗的自尊心的。所以，人尽管讨厌电视广告，但因为没有具备在听到电视广告上说'让你头脑清醒'后能做到安之若素的那种程度的自尊心，所以才欢迎精神分析吧。"

"你可真玩世不恭！"我吃惊地说道。

"嗯，所以，我根本没想让您治疗呀，虽然我痛快地付了诊费。"

"那你图什么？"

"为了让您听我的故事。"

"什么故事？"

"是您知道的弓川丽子的事呀！"

"所以，我在问关于你的什么事，问题的重点是？"

我故意佯作不知地追问道。

花井将那张可以放平作躺椅用的椅子的靠背立了起来，就那样靠着，一动不动地盯着墙看了一会儿，以一种让人感到他已唇焦舌燥的声音和稍稍不自然的语调一字一顿地这样说道：

"果然不出所料，你心眼可真坏！"

"不，我没有不良用心。"

"无论怎样你都想让我亲口说出来啊。得了，我还是说吧，因为我知道丽子已经将我的耻辱全都说给您听了。我……我性无能。"

花井终于以一种喉咙似乎塞了什么东西似的声音开口了。

二十五

　　花井那天在我分析室里说的那些，总而言之是一件男女私密之事，证明丽子在信中所言非虚。

　　像之前一样，我还是省略拖沓冗长的细节，只介绍要点吧。

　　……就花井来说，他很早就发现丽子那穷追猛打接近他的态度之中，潜藏着一种阴影，无法将其称为一种只是带有恋爱成分的兴趣。但是，在酩酊大醉的那晚，直到他哭着痛苦地坦白之前，过于专注自身问题的他，没有看穿丽子那种软磨硬泡的劲头缘何而来。

　　自己趴在床上放声大哭之时，花井感觉到丽子在温柔地抚摸他的头发。

　　他决定一死了之的那个时刻，如今似乎正清晰地迫在眼前。这件事回头一想，就觉得自相矛盾，本应该想到自杀，将自己羞耻的秘密不为人知地就那样埋葬，没想到最终却毫无隐瞒地告诉了一个非亲非故的女人，因此反而觉得像是能够安心去死了。说出"性无能"这个词对花井来说的确是一件革命性的事情，但即便是同样为他人所知，与作为肉体上的生理问题被他人知道相比，屈辱要少得多，因为语言证明不了什么。而且，现在死的话，他的死亡之中就留下了一种神秘，但至少有一个女人能够了解自己精神上的痛苦。

他感受到女人的手在抚摸自己的头发，心里想着无论如何也一定要在数小时后到来的黎明之前死去。他带着为自杀而准备的药，还多了一种想方设法趁丽子不注意将药吞下去的快感。

丽子的手突然停了下来。花井听到她嘀咕了一句出人意料的话：

"请你放心，我也是这种情况呀！"

"嗯？"

花井对这句话一瞬间还没回过味儿来，以为丽子在开什么过火的玩笑。

接下来，丽子用沉着冷静的语调缓缓诉说了自己过去的烦恼，说她去汐见医生那里诊治了，但自己的病绝对治不好。因为自己是这种情况，所以看到他那如同海边岩石之上的鸬鹚那样的身影时，立刻就看透了那个身影之中存在着与自己相同的不幸。

据丽子说，那种肉体的不幸，在观察它的人眼中，就像沉在玻璃杯底的一颗珍珠一般清晰可见。

"你体内有一颗黑珍珠，我体内有一颗白珍珠。"

丽子像唱歌一样说道。花井从这样的女人的存在之中获得了一种不可思议的启迪，为她那种甚至将不幸当作骄傲的坚忍不拔的性格所感动，在听她讲话的过程中，渐渐觉得自杀之事真是傻里傻气。

……到这里，故事又走向了意外的变化，丽子一讲完自己的体验，就以一种护士般的态度迅即站起身来，和他约好明天再见后，便道了声"晚安"走出了房间。他突然一个人被晾在那里，心中自杀的念头也烟消云散了。此时，他便产生了另外的疑惑，不由得去琢磨方才丽子的坦白会不会是为了阻止自己自杀而撒的谎。那样的话，花井就会因此为了和丽子赌气而再次产生要自杀给她看的新念头。已经没有着急的必要了，待明天和丽子见个面，慢慢确认一下她的动机之后再行动也不迟。

二十六

第二天午餐时，在宾馆餐厅和丽子碰头的花井，和她坐同一张桌子用餐，不一会儿，丽子告诉他一件令他黯然伤神的事。

"刚才我给汐见医生寄了一封信哪！我花了一上午时间写了封长信，虽然字迹这些写得杂乱无章，但我的信医生已看习惯了，所以不会介意的。"

"什么信？"

"我把你的事全写下来寄过去了。"

"啊？"

在感到愤怒之前，花井一时间呆若木鸡。他不顾一切的坦白，一夜之间便被迅即汇报给了素不相识的医生，他的秘密已不再是秘密了。与此同时，他觉得自己自杀的机会因为这种不体谅人的处理方式被永远剥夺了，毋宁说他因为这一点而感到愤怒。

"你到底为什么要那样做？"

"因为那是我的义务。"

"义务？"

"必须将我自己身上发生的事悉数汇报的义务。"

"别人的事也要汇报？"

"当然啦！只要和我有关，别人的事也要汇报。"

"我俩什么关系？"

"黑珍珠和白珍珠的关系。"

丽子一边老练地吃着墨西哥薄馅饼，一边快活地说道。

她肩上披着一件白色的对襟毛衣，那种美感似乎吸引了在餐厅用餐的人们的注意。花井认为，如果她昨晚说的那些话不是谎言，那么两人就是一对匪夷所思的假花。接下来，花井谢绝了丽子饭后一起散步的邀请，立刻给我写了最初的那封右翼口气的恐吓信。

两人这种说不清是朋友之爱还是病友之爱的关系，在花井首次体会到的放松感和那种让人纠缠不休的屈辱感的交替之中，就这样不可思议地迂回前行。晚上在宾馆，两人呆在一起，闭门不出，丽子软磨硬泡地缠着花井，要他讲述对自己身体自暴自弃的经过。花井以一种毫无保留的坦率态度一开始说起这事，就觉得丽子突然两眼放光，接着又像灯熄了一般失去了光彩，过了一会儿，她的眼睛又重新变得炯炯有神。

——两天后，二人结伴回到了东京。那之前，两人除了闹着玩儿亲了一下之外，没有发生任何关系，花井就通过给我写匿名信来排遣某种郁结的情绪。他并不是从丽子那里得知我的地址的，在和丽子认识之前，他就将报纸广告上刊登的诊所名和地址记在了心里。这样看来，他迟早会来我的分析室。

两人一起回到东京之后，开始在东京的旅馆订了一个房间，就那样住在了一起。

花井选择了麴町附近的一家臭名远扬的旅馆。据说这家宾馆的地位大致比高级旅馆稍逊一些，但却名声不大好，什么艺人偷偷带女人入住啦，被约会对象放了鸽子的外国人下楼到大厅就能立刻在那里瞄到新的拍拖对象啦等，风言风语一直不断。花井认为，在仅仅靠着装腔作势生活的学生圈里，这个宾馆是博得"顽主"这一名声的必要场所。花井为自己的缺陷苦不堪言，但心里却痴心妄想着带个女的就住进那家旅馆而非其他任何旅馆，这个梦想现在却以一种不自然的形式实现了。

在此就不得不讲一讲花井的家庭。花井的父亲是一家药品公司的经理，在培养儿子方面一切听之任之。好在孩子学习不错，在升学上从未让父母操心，所以，父亲是一副即便儿子几天不回家也不会放在心上的做派。花井的母亲对慈善事业和插花乐此不疲，大多时候不在家，没有察觉到儿子内心的苦恼。

花井和丽子在宾馆的同居从这天就开始了，但花井大约每三天回一次家，随便糊弄着父母。且说他们同居生活的内容，即便是现在，我也惊诧于丽子那异常的实验性的热情。

她基本上采取的是一种护士的态度，这与她在表哥生前照顾他时的态度相同，确实将自己伪装成绝对的性冷淡。我从这一点中发现了她那不可思议的精神状态，可将其称为"希望自己性冷淡的意志"，但不管怎样，她的性感缺乏症都可以认为是她自己选择的结果，这是我一开始就持有的印象。

两人第一次睡在同一张床上时，丽子说了句"我们就像姐弟那样睡吧"，接着便喋喋不休地诅咒着具有性能力的男人，说男人那旺盛的性欲望、那贼亮贼亮的眼神、那笨拙的或过于老练的态度……所有的一切都令自己心灰意冷，让自己的性冷淡雪上加霜。可以想象，听丽子说这些话时，花井该是多么安心。

但是，花井仍未完全消除多年来的屈辱，很难会因此而即刻去除心中的芥蒂。他尝试着用每天给我写信的方式来消除这种屈辱。

第二天，两人相安无事地裸睡在一起。这一夜的怪事，就连花井也欲说还休。丽子温柔地爱抚着对自己没有生理要求或者说不可能有这种要求的花井。

"像你这样才是真正的男人啊！男人为什么不能像你这样具有风度和威严呢？无论多么优秀的男人，都会因欲望而变得滑稽可笑啊！"

花井对自己的生理缺陷被描述成"风度和威严"大为震惊，对丽子更是欲火中烧，然而，被她这么一说，任何形式的欲望都被完全抑制住了，与自己一个人时相比，感觉像是被关在了更为逼仄的笼子之中。

丽子犹如水一般。在花井看来，有时她也勉强装作如金属般冷冰冰的不为所动的样子，花井也非常清楚丽子是心甘情愿地进行这种差强人意的伪装。丽子绝不会让花井的手触摸自己的身体，只是将她那确实像是全部用易燃材料做成的美丽丰满的裸体横躺在他旁边而已。

花井的性功能障碍，渐渐变成了欲火中烧的阳痿。因为他从中过于清晰地看到了自己幸福的极限，以及自己风格的幸福那千真万确的证据，所以他将丽子视为自己不可或缺、奉为至宝的恋人，是世界上独一无二的为他而存在的女人。

我对此刻丽子的感觉颇感兴趣。据花井讲，丽子的心柔情似水，但身体却坚硬如冰。但是，要我来说的话，这已是丽子同江上隆一交往时经历过的情形了，唯一不同之处在于，这次她毫无焦躁之感，那种难以置信的心烦气躁只是强烈地表现在男人身上。

虽然是我想象的，但这样理想的状况却是她自己有意识地设置出来的，关于特意将温柔之心和冰冷身体分别放于不同抽屉之中这一点，丽子在无意识之中也已经得心应手。

但是，她如今显然已深陷其中无法自拔。对待表哥时的那种圣女的姿态，实际上在心理层面与现在如出一辙，然而她已沦落为卑鄙无耻的娼妇的样子。对待这种情形下的花井，她将自己置身于那矫揉造作的死胡同里逍遥自在，连为他治好病这一纯形式的献身精神也没有了。

那样的话，说她可能根本不爱花井又说不过去。从这样一种形式的爱中，她或许看到了理想中的男性，看到了男人之纯洁的纯粹的象征，而且，在这种难以置信且被分隔开来的肉体之爱中，她或许看到了精神之爱的最高表现形式。我阅读了花井推荐给我的《阿伯拉尔和爱洛伊丝》中的情书，书的后半部分，两人之间的精神之爱在阿伯拉尔被阉割之后反而愈加强烈，这种精神之爱，也可以认为是官能的最为纯粹的形式。

丽子确实为了某种东西豁出了肉体之爱。

……

"后来，丽子仍然没让你碰她的身体，对吧？"

"嗯。"

"有没有因某种机缘而打破这一局面呢？"

"有的。"

"在什么时候？"

"在东京的旅馆住在一起后的第五天晚上。我当时觉得自己就是现在这种状态，就这样逐渐沉溺在梦一般的幸福之中。随后，我便像孩子一样香甜地睡着了。我一睁开眼，发现丽子好像也睡着了。我犹豫着要不要叫醒她。她的睡颜比醒着时更为温和，好像热辣辣的，就像火红的虞美人，在黑夜之中也洋溢着热情。"

"睡眠中呼吸紊乱吗？"

"没有。实际上她没睡着。她突然睁开眼，就抓住我的手，第一次让我的手触摸她的乳房。乳房深处潜藏着如泉涌般的怦怦心跳，我只是被她诱导着用手掌轻轻碰了碰那里，然后就那样一动不动。

"突然，她发出了低沉的叫声并睁开了双眼。我吓了一跳，心想她是不是疼痛发作了。但是，我立刻就明白了，那不是疼痛发作，而是一种与疼痛相反的愉悦的反应。

"丽子扭动着身体，将牙齿贴在我的手背上。我目瞪口呆地望着她，觉得她实在太美了。接着，我感到怒不可遏。

"那个女人是个骗子！骗子！骗子！还说什么自己一点没感觉！——这一刻，丽子脱下了之前的面具，犹如暴风雨来临之日的气压计指针那样颤抖着。"

二十七

　　青年花井最终畅所欲言地讲完之后回去了，留下我一个人茫然不知所措。

　　实际上，我对男性阳痿还没什么治疗经验，之所以这么说，也是因为与女性性感缺乏症比起来，精神分析学上对男性阳痿的研究兴趣不大，绝不是因为我作为男医生只偏向对女性患者感兴趣。

　　这样说也是因为如下事实：在男性阳痿之中，器质性或绝对性阳痿少之又少，几乎都可以归结为心理性阳痿，因为它和女性的性感缺乏症不同，男性阳痿的成因以及定型化过程，相当程度上缘于意识性的心理纠葛。即便面对导致阳痿的那种恐女心理，指出患者幼时的精神创伤或俄狄浦斯情结这种症结，都是一种不依靠分析治疗也能够轻而易举得出的结论，是一种所谓的本人也可以很好地意识到的阳痿形成过程，而且这种自我意识的空转会使阳痿越发严重。可以认为，男性阳痿的治疗，与其说是一种将无意识的东西意识化的工作，不如说那种消除过度意识，恢复正常神经反射功能的工作才是更重要、更有效的。即便根据我自身作为男性的生理来看，这一点也是很容易令人信服的。

我本想建议青年花井不如去做一些剧烈的体育运动，但花井非但不听我劝告，而且一说完自己想说的便如风一般扬长而去了。

……不得不感受到自己内心五味杂陈的人，反而是被他晾在身后的我。

离下一个预约的患者到来还有一点时间，我就那样呆在分析室，茫然地望着窗外。

春天已经过去，但阴沉沉的天空看上去仍凉飕飕的，过往的行人也是穿偏黑色衣服的居多。电影新片特约放映的广告牌也已经大变样，与丽子突然前来邀请我一起出游的那天不同，上面装饰着一张放大的、因杀人之恐惧而有点扭曲的女人脸，一幢画得歪歪扭扭的摩天大楼，以及一朵像是有三铺席大小的巨大的红色玫瑰花。我陷入了荒诞不经的空想之中：当今的人类只对杀人故事感兴趣，这一点几百年后将会被载入史册吧。

电影院的拐角处有一间小花店，只有那里因时令鲜花那娇艳的色彩而显得生机盎然。此时，我注意到一个青年在花店前面停下了脚步，那正是刚从我这里出去的花井。

花井买了一个一百日元左右的扎好的小花束，从那里出来走了两三步，将鼻子凑到了花束上。

"哼，没想到这人还挺浪漫的嘛！"

我忍不住在心里嘲笑他。但下一瞬间，花井却做了一个出人意料的举动，他扯掉花束的玻璃纸包装，将那束花扔到了刚好行驶而来的卡车车轮之下。

卡车离去之后，马路上留下了一个奇形怪状的污痕，总觉得像一个美女呕吐后留下的痕迹。我被那污浊粗俗的色调分散了注意力，在此过程中，青年花井已消失得无影无踪……

他给我一种混乱迷离的印象，就像做了噩梦或看到海市蜃楼一般，这种不愉快的感觉一直挥之不去。我并非是一个事到如今才对精神病患者的怪异行为感到惊讶的人，但阳痿之人对世界的恶意却清晰地体现在刚才这件小事上。可以说，它让我联想到恶意一瞬间在市中心交通公路上描绘出的可怕的抽象画。

此刻，一种强烈的无能为力之感突然袭上心头，我自己对刚刚离去的得了阳痿的青年非但没有感到怜悯，反而感觉自己像是从这个作为男人之敌最不必害怕的对手那里遭到了沉重一击而一败涂地，自己作为医生的自信也丧失殆尽。一想到带给丽子愉悦的是远远超越了男性之力的某种东西的影响，我就不由得觉得连自己那作为正常男人的自信都被彻底击垮了。

不过，想一想会发现，青年花井的愤怒之中也存在着合乎情理之处。

在相信女人也是性冷淡，满足于一种安宁与平静之时，他突然看到女人恢复了本能，或许会觉得自己受到了一种与针对自己阳痿的一般性侮辱相比更为严重的侮辱，因为那不是一种将他正常的一面作为前提的侮辱，可以说极其露骨地表现了一种对残疾人的爱。

二十八

花井离去之后，两个月的时光就这样过去了。在此期间，花井和丽子都没有和我联系。

真是不可思议，我渐渐对花井产生了同情。他年纪轻轻，或者说因为年轻，就彻头彻尾地体验了性的悲剧和悖论的恐怖，他今后会怎么样呢？表面上是一个家境得天独厚的有钱人家的孩子，但人生时常带给他一种甚至连穷人都没经历过的奇怪的不幸。而且，对年轻人来说，性的问题是了解人生的一把宝贵的钥匙，所以，经历了那种性功能障碍的他，即便用变形的钥匙插入平凡人生这把锁的锁孔来试图打开它，也根本无能为力。他肯定会在某一天发现适合自己的变形的锁孔，门确实可以打开，但门后却是万丈深渊。

丽子让那样的音乐在男人阳痿之际响起，当然她不是有意为之，但这与花井这个年轻人平常从女人那里遭受打击的精神背叛不同，应该称得上是一种难得一见的肉体背叛。

整个五月都如同夏天那样烈日炎炎，五月过后，时令已进入了梅雨季节，每天都很潮湿，天气变幻莫测，从云层之间露出脑袋的太阳，颜色如巴旦杏一般黯淡无光。

估计隔了有好几个月了吧，我再一次接到了江上隆一的电话。他那瓮声瓮气的嗓音听起来怪怪的，像是在故作深沉，毕恭毕敬得有点儿造作，但事后我立刻明白了这是这个开朗的青年在掩饰自己的难为情。

"我是江上，江上隆一。您还记得我吗？我因为弓川丽子的事找过您。"

"哦，我当然记得。"

虽然我并不太擅长记患者的名字，但与弓川丽子有关的名字我却记忆犹新。不过，我毫无必要对此进行解释。

"其实……"隆一在电话机旁结结巴巴地说道，"真实情况我想先见了您再谈，现在就简短地跟您只说一件正事。弓川丽子病情非常严重，您能赶紧给她看看吗？"

"这又是……"我也有些语塞，"这又是怎么回事啊？"

"在电话里很难讲清楚，但我索性还是全说了吧。会占用您很长时间，您不介意吧？"

"当然没关系。"我这么说着，同时对他那种与第一次闯进这里时大吵大闹相比出乎意料地变得规规矩矩的态度惊诧不已。

"其实，她突然回甲府后，我就变得心烦意乱，短时间里看什么都来气，非常苦恼。我就赌气似的和各路女人来往，一直过着非常荒唐的生活。虽然只有这样和女人待在一起的时候心情才能平静下来，但每次一想到丽子，就觉得自己的自尊心像被烙铁烫了一般，好不容易恢复的自信又丧失殆尽。如果说这是我仍然迷恋她的证据的话，也可以这么认为。不过，这半年多来，我都是以一种试图要忘记丽子的心情生活过来的，至少这一点我无法否认。丽子就这样音讯全无，也不知道她人在甲府还是在东京，虽然我知道问您的话至少能抓到头绪，但怎么都没有心思打电话给您。

"但是，难道不是很令人惊讶吗？昨天，我从公司回来的时候，和一个女孩去跳舞了，送完女孩已经很晚了。到家的时候，就发现丽子提着包一动不动地站在我所居住的公寓前面。

"我本想装作没看到她，但觉得这样好像别别扭扭，不是男人做派，便爽快地跟她打招呼：

"'哟呵，你想怎么样啊？'

"在公寓外面的电灯下，她的脸显得苍白而又憔悴，令我大为震惊。不仅如此，那种危险的抽搐在她脸颊上游走。我一言不发，耐心地等她回答。此刻，她没有答话，眼里一下子蓄满了泪水。

"'你怎么了？'

"我出乎意料地没有生气，又问了一遍。于是，她便说出了一件令我意外的事情：

"'哎，求求你了，让我在你这里躲躲！我，被人跟踪了。'

"我天性多少有些冒失，这一点也已经被您看透了，所以，即使要隐瞒也藏不住。自己明明那么怨恨她，但一看到她可怜兮兮地求我，我还是默默地领她去了自己的房间。因为她看上去弱不禁风，所以我像抱着她一般扶她上楼。这时候，我觉得她体重轻了不少。

"即便在房间里坐着，丽子还是无法平静下来，惴惴不安地四周张望着。

"我一看到眼前的她是这个样子，也就无法脱口说出责备的话了。而且，最初我还怀疑她是不是为了免遭我的责备而故意假装犯病，但这一状况令她那惨白的脸庞和身体微微颤抖着，最后竟捂着胸口叫道：'好痛苦！喘不过来气！'听她发出这样的呻吟，我就不能这样袖手旁观、置之不理了。"

"这是昨天晚上的事吧。那她今天的状态怎么样呢？"

"我一直陪着她，几乎一夜未眠。直到今天早上，我才把她一个人留在公寓来公司了……"

我觉得隆一这个年轻人实际上是个柔肠似水的男人，不像外表那样看起来像个硬汉。

"那么，她今天早上的情况呢？"

"我出门上班时她好像在迷迷糊糊地睡着，但昨晚我一问她，她便说自己刚开始的时候感觉眼睛就像被按着一般，头重脚轻，伴有耳鸣、目眩，像是要晕倒了，脖子像被紧紧勒着，喘不过气来。"

不用诊断我也清楚，这是典型的歇斯底里症前驱症状，而且，这么典型的症状是丽子初诊时除轻度抽搐之外尚未被诊断出来的症状。

"颈部有没有像瘤子或肿块一样的东西？"

"啊，这一点我忘了告诉您，她本人心神不定，说自己肯定是咽喉癌……"

"那样的话就不用担心了。"

我一句话明确否定了丽子的猜测，这一症状确实是歇斯底里症无疑了。

隆一好像因为这斩钉截铁的一句话而对我信任有加。

"那怎么办才好呢，医生？"

"首先，千万不要问她关于病因的问题，不要盘问任何一点。然后，今天公司一下班你就立刻带她来诊所。我觉得这种情况即便看

144

了内科和妇科医生也无济于事。今天晚上我特意加班对她进行充分的治疗。"

"太谢谢了！听了您的话我也放心了。那今天傍晚我带她过去。"

隆一喜出望外地一说完，便挂了电话。

二十九

　　那天，我严词厉色地向明美说明了原委，语气斩钉截铁，不给她丝毫啰啰唆唆犟嘴的余地。我告诉明美，今晚的患者六点多来，会超过规定上班时间，如果她想加班的话我会给加班费，如果想回去的话按规定时间六点下班也可以，并附带告诉她患者是弓川丽子。

　　我明确说完这番话，明美反而变得温和多了，她应承了下来，像是觉得这样至少可以满足一下自己的好奇心，拿点加班费。

　　"那么，你就用第一分析室吧。"

　　她向我叮嘱道。一般情况下，哪位患者最近用过哪个分析室是必须要看看病历的，但明美却一直铭记于心并即刻脱口而出，这一点让我觉得她非常留心丽子的事。

　　一到晚上六点，我就让助手儿玉回去了，和明美面对面坐着吃了鳗鱼饭当晚饭，切身感受到此晚只有我们两人的大楼是那么寂静。

　　"我可是什么都没说啊！"在上班时间涂了淡红色口红的明美，不知什么时候又把嘴唇涂得鲜红浓艳，嘴唇因吃鳗鱼时沾上了油而闪闪发光，她直直地盯着我的眼睛说道，"因为我知道今晚你下了相当大的决心。"

既然她采取这样一副高姿态，我也以一种坦诚的和事佬那样的态度说道：

"是呀，我觉得今晚才是一个尽可能将我与她的对决做个了断的机会。分析治疗的缺点就是在患者对治愈失去自觉性意志时，无法对其进行跟踪治疗，在今天与江上的通话中我弄清楚了这一点。

"真是难为江上了，他现在心里还持有自己被弓川丽子利用这个心结。大老爷们免不了有点自命不凡，所以他觉得丽子是山穷水尽才最后找到他这里求救的。但实际上，他通话声音的背后，我像是不断听到了丽子的叫喊，通过江上，丽子一直这样喊道：

"'我要回到医生那里！我想再回那个分析室一次！那里才是我的故乡！'

"江上可以说是她为了回到这里而利用的桥梁。她无论如何都不能只身回到这里，需要江上将她带到这儿。"

"不过，真是很奇怪呀！她有几次即便是情况不自然，也还是能听到音乐的啊！可为什么出现了比之前更为严重的歇斯底里症症状了呢……"

"这点必须要听她亲口讲。但是，有一点是我猜测的，这不也是'桥梁'的一部分吗？当然，她对这一症状实际上苦不堪言，或者说，这难道不是她为了回到分析室这个对她而言唯一的安息之地而在无意识中所想出的权宜之计吗？所谓歇斯底里症，就应该是令人吃惊的病症呀！歇斯底里症可以伪装成各种各样的病症，这一点广为人知。歇斯底里症甚至可以伪装成歇斯底里症，更何况丽子还知道不少精神分析方面的知识呢！"

——在我俩进行这番谈话的过程中，明美和我之间，流动着一种平素从未感受过的深切共鸣。这种共鸣正如在下达了台风警报的海边观察站值夜班的两个人，听着户外逐渐变强的风声而感到彼此同声相应，同气相求一般。各处事务所的灯已经熄灭，工作人员几乎全回去了，只有位于地下的餐厅一条街还是一片嘈杂声。这种情形下的大厦之夜笼罩着我俩，现在，只剩下这扇窗户里的灯像一颗金牙闪闪发光，没有被张开大口的大厦之夜吞噬。

晚上七点。

门被敲开了，身上裹着雨衣，肩膀被隆一搂着的丽子，踉踉跄跄地进了候诊室。虽然我通过电话了解了她的情况，但她那张煞白的脸还是让我大吃一惊。不仅如此，丽子在长椅上坐下后并没有正面看我的脸，也没有久别的寒暄，而是像罪人一样低着头，身体颤抖着。今天晚上不仅不冷，反而闷热难当，房间里甚至到了要开冷气的程度。

"不好意思，请把冷气关了好吗？"

隆一说道。我去关冷气，回来摸了摸丽子的额头，发现她并没有发烧。

我自己确实是心平气和、例行公事地完成了这一作为医生责无旁贷的接触，对此我不由得大为惊讶。在起身去关窗边的空调时，恐怕我已经在考虑接下来的行动，用自己的手掌去触碰她那许久没有碰过的白得虚幻的额头。这一瞬间确实理应如同梦境一般，但实际上一接触，那也不过是日常性动作，丽子也一直呆呆地低着头。

"那么，请让丽子小姐一个人进分析室吧。江上先生可以先在这里等候，不过要花费很长时间，在此期间，您也可以出去看个电影什么的。"

"好的，那我就自便了。"

青年江上听到丽子痛苦的喘息声，心神恍惚地说道。

我也不去问她难不难受，没有表现出丝毫安慰的意思。我用眼神制止了要抱这个女人去分析室的隆一。丽子凭一己之力勉勉强强站了起来，她一只手按着胸口，用右手扶着墙，气喘吁吁地朝分析室门口走去。接下来，我在她身后慢慢跟着她，乍一看像是有点不近人情。

在我的身旁，身穿白大褂的明美，像是昂然自得、乐此不疲地凝视着丽子的身影。

三十

　　在分析治疗中，操之过急乃大忌，也忌讳高压态度和单方面的强迫命令，但未必只有机械性地反复进行一板一眼的治疗才是最好的方法。

　　这和普通的人际关系是同样道理，既有暂时停滞不前，看不到任何进展的时期，也有剧情一气呵成，直达剧终的情况。现在于我而言正是这一时期，我不得不认为，就丽子以这种方式突然来我这里这一点，存在着与之相应的强烈的内在必然性。

　　丽子在躺椅上一躺下来，我便关了主要照明，只留下微弱的灯光，一时对她听之任之。

　　回想起来，我和丽子两个人晚上单独共处一室，这还是头一遭。我就在她身旁，能近距离地察觉到她刚进来时那剧烈的喘气声以及那张双眼紧闭的痛苦脸庞，但是我故意没有朝她所在的方向看。我只是感受到了一种满足，心满意足。

　　我俩沉默了五六分钟，随后，丽子终于开口了：

　　"医生，门锁上了吗？"

　　"啊，这次和往常一样。"

"绝对不会有人来这里吧？"

"你不用担心会有人进来。"

"我好开心啊！我是多么希望自己能回到这里来啊！"

"可是，你不是轻易不回来吗？"

"我是个罪孽深重的女人，也不知道该怎样向您道歉。我随意中止治疗，擅自行动……这些也都是因为我是一个罪孽深重的女人啊！你说说，就是这样对吧？"

"即便不来这里治疗也上升不到罪恶呀！没什么的，一切都是你的自由。"

"什么？医生，您为什么要给我自由？给我自由的医生是不负责任啊！所以我才变成这样……"

"你说的'这样'，是指什么样？"

我无所顾忌地打量着丽子的身体。她的身体已经不再颤抖，呼吸也平稳了，只是那丰满隆起的酥胸上下起伏着，使她在微弱的灯光下显得更加美丽动人。

"天哪，真是不可思议！我一进这个房间，那么痛苦难受的胸口不知为什么就舒服多了，感觉就像身体里有个结一下子解开了一般。"

这种情形之下，我试图漫不经心地去倾听病人的诉说。之所以如此，是因为存在两种情况，一种是医生听到病人负面的倾诉而心软，却反倒会使病人大倒苦水；另一种就是像现在这样医生若对病人心情愉悦的倾诉过于喜形于色，下次他就会故意刁难而装出病情复发的症状给你看。

"这挺好啊！"我淡淡地说道，"那么，你准备好回答各种问题了吧。"一说完这句话，我就不再给她心理准备时间，劈头盖脸地问道：

"听说你被什么追赶，去江上那里躲藏了，你到底是被什么追赶呢？"

丽子眼中瞬间闪现出一丝犹豫，这一点没能逃过我的眼睛。

"是剪刀。"

"啊？"

"我一直被剪刀追赶着。这一点我在很久之前接受自由联想法治疗时说过的啊！"

"嗯，我当然记得那个剪刀，但现在的剪刀只是一个比喻吧？"

"不是比喻，医生。我告诉您，我真的差点被剪刀刺死。"

"什么？"

她的话确实有点怪里怪气。我这次与其说让她按顺序讲，倒不如说采用了一问一答的形式，就像一只老鹰朝着远处地上的一只兔子慢慢盘旋着，寻找着突然俯冲下来的机会那样。

"好啦，具体缘由我随后会问你，所谓剪刀……也就是说，为什么是剪刀？"

"那是因为剪刀偶然地就放在那里啊！"

"哪种剪刀？"

"花剪。"

"它在什么地方？"

"没什么奇怪的，医生。我暂时藏身于一位教外国人花艺的老师位于六本木的家中。"

"说到藏身，也就是说这之前就出现了危机，对吧？"

"还没有到危机的程度，但不知从何时起我突然厌倦了之前在信里提到的那个穿黑毛衣的男孩。因此，有一天，我悄悄从我们同居的麴町的旅馆溜了出来，搬到了花艺老师那里。"

"于是乎，那个穿黑毛衣的青年查到这个藏匿之处后就追了过来，对吧？这种情况屡见不鲜。"

"这种情况屡见不鲜啊！"

奇怪的是，丽子叹了一口气，这声音引人注目，让人觉得这一叹息背后似乎潜藏着所谓的那种假装厌恶的仰慕、假装厌倦的兴奋之类的情感。脸颊通红、顶着强风跑回家的孩子，一看到父母的脸就会突然那样叹气，这种情况可是常有的啊！

"我在教花艺的老师身边，既没有向她请教花艺，也没有帮她的忙，只是出神地盯着她优美的手部动作。此时……老师真是漂亮而又有女人味啊……大门门铃响了，我出来一看，发现是那个人。我是左手把玩着花剪走向大门的。"

"以前是做西服用的剪刀，现在是花剪吗……"

"您说什么呀，医生！"

"没什么，我只是整理一下记忆。你请继续。"

丽子因兴致被打断而有一丝不快掠上眉梢，但那其实是我有意为之。那时她手中拿着花剪或许是真的，但通过这样打断她就能遏制她，以免她将事情说得过于戏剧化。同时，另一方面，也是因为我想让她自己注意到剪刀所体现的象征作用的变化。

"……那个时候，穿黑毛衣的孩子，就是那个叫花井的站在玄关那里。看到他的身影，我吓得心跳都快要停止了。因为既然能寻到这里来，以他这个人的性格，无法预料到他会做出何等怪异的

154

举动。"

"接下来……他有没有做什么怪异的举动?"

"没有,那天他乖乖地回去了。他神情忧郁,固执地求我一定要回去,威胁我说他在这世界上爱的只有我,失去我的话他只有死路一条。即便是威胁我,他也是带着落寞的微笑,用那种忧郁的语气说的。"

"那个时候具体也没有发生什么危险情况,对吧?"

"嗯,那个时候毫无危险……"

"那么,花剪呢?"

"嗯?"

"花剪是怎么回事呢?你不是说差点被它刺死吗?"

"啊,是啊,我这是怎么了?自己左手把玩着花剪去了玄关,到这一幕我确实是一直记得的。只是他的到来使我深受刺激,所以完全想不起来那之后花剪放到哪里去了……为什么呢?记忆这东西好奇怪啊!一直到某个地方还像彩色电影一样历历在目,突然胶片就断了……我怕打扰到房主花艺老师,就出去和花井谈话,我俩边散步边聊。"

"那时你手里已经不再拿着花剪了吧?"

"这一点我怎么都想不起来了,医生。"

"请你再仔细回顾一下。刚才你说了自己差点被花剪刺死呀!"

"是的……那样说是错了。我想,肯定是我一看到花井,就巧妙地把剪刀藏在某个地方了啊。因为我那时害怕的便是觉得花井一定会用这把剪刀把我杀了。"

"所谓的用剪刀杀人,并非是一种普普通通的想法啊。剪刀与其说是用来扎，毋宁说是用来剪的。就像童话中的螃蟹那样，说着'快发芽吧！快快长大！如果你不快点长大，我们就用剪刀把你剪成两半'而示威的就是蟹钳。你有一种恐惧心理，害怕被花井用剪刀剪掉什么东西。女人的话，最有可能被剪掉的是头发，但你害怕的并不是这个。

"弗洛伊德关于阉割焦虑的解释，虽然不能说完全具有说服力，但你的恐惧看起来好像并不是对现实事件的恐惧。你小时候被扒掉内裤，被嘲笑为鸡鸡因为自己'总是输家而早早被剪掉'时的那种屈辱感，突然对着花井燃烧了起来，这种屈辱感由愤怒而演变为恐惧，非常不可思议啊！你因为儿时的记忆而害怕被剪刀阉割，这确实成了你憎恨男性的一个理由。你面对花井也是这种情况，也就是说，你针对'自己没有但男性拥有的东西'持有一种憎恨和恐惧，这一点非常不可思议啊……可是，花井是阳痿吧？"

丽子对这一问题的回答又呈现出一种如同侮辱人格那样的令人发指的局面。

"不是，在和我交往的过程中，他的阳痿彻底治好了。就在那时，我开始对他厌恶透顶，甚至到了一种令我作呕的地步。"

三十一

　　诚然，花井在阳痿治好之后，就会将丽子视为无可替代的女人而追求她，这种可能的确是有的。但同时，对治好了阳痿的花井来说，丽子已不再是必不可少的存在，花井也可能会弃之不顾而开始自由的性冒险之旅。

　　我觉得不能原原本本地接受丽子讲述的事件，这一警惕性自然而然使我养成了将那个事件与现实法则进行核对，重视事件发生的可能性和盖然性的习惯。

　　比如，花井治好了阳痿这一点是可以充分考虑到的，但那之后的事情就不能一概而论。

　　我有一种强烈的直觉，总觉得丽子精神错乱的原因有可能缘于被花井抛弃这一点。这种女性自尊心的彻底崩溃影响极为严重，可以认为此处再次出现且挥之不去的剪刀意象体现了这一影响。

　　我下定决心要刨根问底，就表面不动声色、沉着冷静地开始不断抛出自己的问题。

　　"花井阳痿治好的时候，你对他印象如何？"

　　"我不是说了嘛，我只是感到厌恶。"

"更直接的那一瞬间的印象是？"

丽子的回答意外地坦率：

"这个嘛……或许就是一种被他背叛的感觉吧。"

"此话怎讲？"

"他对我……对我开始听到'音乐'醋意大发而憎恨我。不过，我却相信他会一直忠诚于我。"

"你所谓的'忠诚'是指什么？"

"就是说他面对我会一直阳痿不举。"

"我明白了，所以，也就是说他背叛了你，对吧？"

"是的。而且……"

她吞吞吐吐，所以我觉有必要更细致入微地询问一下当时的情况。问到最后，我弄清了以下情况：

一天晚上，他们二人吵得很凶。花井多少喝了点酒，丽子骂了些揭人短处的话，花井一怒之下第一次打了她一耳光。接下来，花井反倒哭了起来，二人就那样和衣躺在床上，花井哭个不停，内心归于平静的丽子温柔地抚摸着他的头发。

丽子沉浸在难以形容的悲伤、甜蜜、凄惨而又空洞的恍惚之中。此时，花井突然勃起了。

察觉到这一点的丽子对此深恶痛绝，所以她说事情简直就像强奸那样进行了。但像这样刚刚恢复性功能的男人，是否真的做出了那种炽烈的行为这一点就令我生疑。她会不会是采用这一形容来表达自己的厌恶呢？以切实发生的事实为中心，她不断摇摆于厌恶与愿望之间，并倾向于以这样一种形式擅自对现实进行修正。这一点正如我已经观察到的那样。

问题在于事后花井所表现出的那种强烈而轻率的喜悦。这一喜悦过于自我，看上去似乎已经不再把丽子放在眼里。这一喜悦好像同随后他将丽子作为独一无二的女人来追求这一说法不一致。在多次对丽子直接问询的过程中，不管我愿不愿意，都当面见识了这个叫丽子的女人那恶魔般的性格。

三十二

……以下是我对丽子讲述之中暧昧不明的部分进行补充的同时编排而成的故事。当然，因为这是我边听边写的记录，关于细节的真实性或许会有些瑕疵……

……

实际上，在花井有生以来第一次展现男人雄风的瞬间，丽子就感受到了一种心理上的障碍。她所说的"厌恶"指的就是这件事，但这件事却具有用"厌恶"一词无法言尽的复杂性。

丽子立刻想到了江上隆一，想到他折磨自己的那种执拗的对身体的追问："还听不到'音乐'吗？还听不到吗？"因为丽子已经听到了音乐，花井的情形虽然乍一看好像不存在那样的担心，但她那时心知肚明的是，面对一度重拾男人雄风的花井，自己大概不会再一次听到音乐了。这样的话，很可能今后花井也扮演着同江上隆一毫无二致的角色。

但是，另一个担心便是对花井可能会在恋爱方面开始变得放荡不羁的顾虑，他可能接下来立刻不断移情于别的女人，打心眼里将其视为对丽子的征服，心醉神迷于证明自己恢复了性功能。

也就是说，丽子不希望再与花井继续保持这种"平常"的关系，同时也无法容忍他奔向其他女人的怀抱。这一点意味着她原本就希望花井能永远处于性无能状态。可以的话，她希望花井就像自己的未婚夫表哥那样是一个行将就木之人，但性功能已经恢复的花井估计不可能再次去自杀吧。

在看到花井心花怒放的一瞬间，丽子便凭直觉感受到了这一心理障碍，她突然一反常态，做出像是要赋予花井一种无拘无束的自由的样子。

"你要感谢我呀！最后治好你病的可是我哟！我治好了你那其他任何人都无法治好的病呢！"

"那就谢谢喽！不过，感谢话可是对你那令人难以想象的坏心眼说的啊！"

"但是，你还是不要太洋洋得意为好！"

"为什么？"

"以后你会明白的呀！"

此时，花井脸上蒙上了一层阴影，丽子尽管什么都没说，但也觉察到她的诅咒已经巧妙地附加在了花井身上。之所以这么说，是因为丽子暗示了花井，他的性功能恢复只是面对自己一人而言，面对其他女人时依然是阳痿状态。

花井是多么害怕这一暗示，这一点稍稍看看他的表情就明白了。而且，通过这一暗示，他抗拒丽子，反倒会硬着头皮也要奔向别的女人的怀抱，这一点也明显在丽子的算计之中。

接下来丽子预料之中的事发生了。花井突然以丽子老公自居，开始摆出一副出轨有理的傲慢态度，他追求与自己萍水相逢的其他女人，发生了同以前一样在女人面前颜面尽失的情况。这是那些对与阳痿相关的神经官能症预后不屑一顾的人理所当然的报应，根本不足为奇。

花井垂头丧气地回来了，丽子是如何迎接他的呢？这一点恐怕不言而喻，她冷若冰霜，不断地将其拒之门外，最后突然躲了起来。

······

这样看来，即便花井朝丽子动起刀来，他也有值得同情之处。只能说所有危险的状况都是丽子自己一手造成的。

那么，丽子为什么制造出这种不幸的戏剧性状况呢？

三十三

　　我觉察到，再次采用自由联想法对丽子进行治疗的时机已经
来临。

　　我让她躺在椅子上，在她目光看不到的桌子上摊开了笔记本，
在这令人满意的薄暮之中，我等待着她开始那随心所欲的讲述。

　　这是一个我期待已久的瞬间，这次正是一个难得的机会，我严
阵以待，试图要在这薄暮之中抓住美丽的白狐之尾。在丽子所有神
态之中，我觉得这一神态最为本色、自然，在我内心之中，隐藏着
超越心理分析医生的某种炽烈的梦想，我很难否定这一点。

　　对她来说，就像这里不知不觉变成了真正的心灵故乡，变成了
唯一的和平乡那样，甚至对于我这个可以说深受其扰的受害者来说，
二人与外界的一切隔离开来，像这样同处一间上锁的密室，远离那
夜晚街上的喧闹、私情密语和唇枪舌战、霓虹灯招牌、用于舞蹈伴
奏的疯狂的冲浪音乐、路边极为醒目的标志、站街女、囊中羞涩的
年轻人干瘪的口袋、晚上戴着的太阳镜、特约放映电影的最后一场、
早早打烊的珠宝店那摆放着空空如也的天鹅绒台座的橱窗、夜晚路
上汽车那静静的碾压声、地铁施工时的回音……以及其他所有人类

世界的纷扰，或许心与心紧紧贴在一起的状态，才是那难得一遇的乌托邦的实现形态。

我有一种誓不罢休的自信，对所有接触过她的男人嗤之以鼻，认为自己比那些深入了解她肉体的男人更了解它。这些男人无论多么详细地分开、进入她肉体那复杂、微妙的部分，无论多么彻底地品味她美丽的肌肤，都绝不可能像我一样碰触到她肉体真正的深处，接触到她最深层的战栗与喜悦。事实胜于雄辩，看看青年江上，看看她死去的未婚夫，进而再看看眼下的青年花井就一目了然了。

女人的肉体在许多方面就像大城市，尤其像夜晚灯火璀璨的大城市。我每次晚上从美国回到羽田机场之时，因为是从夜空中朝下看，就发现东京这座粗俗的大都市也就是一具无精打采地横躺着的女人躯体，上面布满了亮晶晶的汗珠。

躺在我面前的丽子的身体，怎么看都如这番情形。她的身体之中暗藏着所有的美德与所有的恶行。而且，每一个男人或许都能够探索到它的局部吧。但是，他们却无法最终知晓这一身体的全貌以及它真正的秘密。在这一点上，可以说我所处的地位犹如秘密警察司令部，一应俱全地占有了与这个城市相关的所有资料。

"来吧，请随便聊聊你想说的。"

我提醒她，随之将铅笔削尖的笔端抵在笔记本上。

三十四

"又是剪刀……不管怎样剪刀都会出现。

"我感到自己好像总是在寻找名为'演奏音乐的剪刀'的东西，但它在哪里呢？

"我总觉得它与死有关，有时就会想啊，所谓的剪刀，会不会就是死神之镰的伪装呢？

"我之前没有说过，小时候和父亲一起入浴时，我对他的性器官印象深刻。我一开始向您讲过，表哥他们拿剪刀对我实施的那种天真的威胁，这一印象明显比那次威胁还要早。我总觉得它粗大壮硕，成熟得黑魆魆的，带着一种无法言喻的可怕，但我不知为什么对它念念不忘，感到十分好奇，不知道父亲穿着衣服的时候是怎样处理那玩意儿的，因为女人身上并没有那种麻烦的东西。

"对了，我想起来了，我之前为什么把这点给忘了呢！

"那时，我曾经见过西式剪刀，觉得这东西的性别肯定是女性。之所以这么说，是因为我无论多少次打开它都没有发现两刃交叉的地方有什么东西。不过，如果将这样的发现告诉大人的话像是会挨骂，所以我就一直没说，自己一个人在剪刀手柄上绑上一条红丝带，给它起了一个名字叫羽纱美。

"'羽纱美小乖乖，你今天好吗？

"'今天剪了什么？裁了什么？是折纸吗？

"'蓝色纸？白色纸？紫色纸？黄色纸？还是绿色纸呢？

"'纸乖乖地听你话，老老实实让你剪了吗？

"'真好啊！羽纱美小乖乖戴着红丝带，眯眯一笑，大伙儿都会开开心心让你剪。'

"我曾经编了这种像是童谣的东西一个人去哼唱。

"父亲曾训斥我，说小孩子不能玩剪刀。我觉得他肯定害怕剪刀，总有一天我要用羽纱美小乖乖把父亲给剪了！不过，不能剪父亲啊！我不寒而栗，心里这样想着。

"现在，我对乱伦禁忌能够用'剪'和'不能剪'这种恐惧来代替这一点了然于心。我觉得不能剪去的唯有父亲，如果我感觉到自己爱对方的炽烈程度无法代替爱父亲的程度，任何人都是可以剪掉的。或许我一直持有这样一种感觉。

"我也很清楚，自己幼时格外强烈的阴茎羡妒①，以及我在表哥他们的游戏中表现出来的去势情结，这二者甚至可以说是同一根藤上的瓜。如果剪刀真的感受到了爱，那它就必须要放弃做一把剪刀。之所以如此，是因为剪刀的功能就在于剪裁，但它却无法剪掉我真正爱着的父亲……我确实在年幼时为这一矛盾苦恼过。

"关于花井以及时日不多的未婚夫，我可能持有一种印象，觉得他们已是被某人'剪断'的男人，因为这样一来就无需我再去剪了。

---

① 又称阳具崇拜，是由弗洛伊德提出的一种心理状态假定。

168

"所以，在花井性功能恢复的时候，我对他的憎恶之情油然而生，觉得这次无论如何也要亲手剪断他。我打心眼里希望花井自杀。啊，真是太可怕了！医生，我竟然盼着他死掉！"

"好了，我明白了。"

我暂时打断了丽子的讲述，暗暗观察她的情况。

我之前进行的分析显示，丽子心中父亲的影像不太强烈，厄勒克特拉情结并不明显，但一听她刚才的坦白，我才发现我的分析是错误的。但这种井井有条、头头是道的解释仍不能令我满意，因为她最后搬出了父亲，给我一个精神分析学式的诱饵，或许是要我信服而设了一个圈套。

无论如何，我都决定继续尝试自由联想法。

"好啦，请接着讲……"

"嗯。所谓的花井要用花剪杀我这一点，或许只是我的幻觉，幻想着有人来惩罚自己这种内心的罪恶。他去花艺老师那里是事实，但他压根儿就没有那样的勇气。"

我一边听着丽子娓娓道来，一边不断回顾之前的分析记录。接着，我便深信不疑地认为，她之所以像这样搬出迄今为止一次都没提起过的父亲，显然是为了给我摆迷魂阵来掩盖其真正的目的。

我默不作声地听到最后，犹如出其不意地用手术刀顶着她一般这样追问道：

"你最近见到了失踪的哥哥，对吧？"

三十五

我从未见过人在受到恐怖打击时如此可怕的表情变化。

丽子抬起了头，似乎要跳起来，那张脸一瞬间失去了血色，双眼圆睁，脸颊干枯，嘴唇抽动着，平时的那张脸眼看着一下子判若两人，犹如年老色衰、行将就木的另一张女人的脸。

我仅凭直觉说出来的这个胡诌的问题，竟显现出了如此惊人的效果。看到这一幕，倒不如说我自己吓了一跳。

"为什么？为什么？医生，您怎么会知道？"

"尽管你问我，我也只是知道而已呀！你为什么要隐瞒这一点呢？"

"可是……可是……因为实在太可怕了。"

"这里没有其他人在听，我一定会保守秘密，你能告诉我你究竟为什么那样害怕吗？"

"可是……实在太……医生，我做不到啊！即便你要我亲口说出来，那样可怕的事情我也说不出口啊！"

"你说说看。你的所有病因都在这里。如果不解决它，病根本就不会好转。这里不是警局，即使你触犯了刑法我也会保守秘密的。

一切都是从那里开始的，哥哥的问题是所有问题的根源，这些你之前不也亲口明确地说过吗？你一定要对此做个了断，好吗？静下心来说吧！"我正好急转直下怂恿她，"嗯？你说说，花井的阳痿治好了这些话都是谎言，对吧？"

丽子垂下了头，声若细丝般地回答道：

"对不起，是我撒了谎。"

"与之相关的纠葛也是你编造的吧？"

"是的。"

因此，花井明明知道丽子失踪但却一次也没来我这里打听这一疑问便可迎刃而解。毋宁说看到丽子听到"音乐"的样子后，花井内心受到伤害，在访问过我之后就自己躲起来了。这样说完全合情合理，为什么我一开始没注意到这一点呢？

"那么，被花井追赶、威胁这些也是谎言吧？"

"嗯。"

"躲在隆一那里是因为受到花井威胁这一借口也是谎言吧？"

"嗯。"

"你一直被哥哥纠缠着，对吗？"

丽子抬起蓄满泪水的双眼，看样子她承认了这一点。

三十六

在我这种凭直觉获得的胜利之中，仅有一处是误判。

丽子并不是最近首次见到哥哥，实际上，在和隆一认识之前，她就经常和失踪的哥哥见面。

接下来的故事，将会揭开惨绝人寰的真相。丽子在S女子大学宿舍生活期间，有一个男人来找她，她出门一看，万分惊讶地发现对方竟是自己去向不明的哥哥。

哥哥看起来一副小混混打扮，无论是眼珠上翻的眼神，还是虚情假意的笑容，都与过去的哥哥判若两人。

"哎呀，哥哥！"

一说完这句话，丽子就一时语塞了。

哥哥啰里啰唆地讲着，说自己在东京过着一种不想为人所知的生活，所以，他一本正经地叮嘱丽子要对老家家人保守秘密，说自己只是听说她来东京上大学，太想念她了，便过来看看她。丽子约哥哥数日后在街上见面，但哥哥面露难色，所以丽子就给他一些零花钱打发他回去了。

这次相见令丽子大为感动，她的多愁善感占了上风，就决定照哥哥说的做，不将他的事告知家里。那天晚上，她激动不已，彻夜未眠。

数日后，哥哥和丽子在银座见面，两人亲密无间，由丽子出资一起看了场电影，吃了顿饭。在哥哥邋遢的打扮和谈吐背后，隐约可见他本来的音容笑貌，这一点让丽子喜出望外。哥哥邀请她去自己现在临时居住的公寓，丽子高兴地答应了。

那是一间位于新宿百人町附近的小公寓。丽子一进房间，就看到里面有床、留声机和小型的洋酒架，觉得哥哥生活得挺体面的。哥哥还是像过去那样酷爱干净，一进来便脱了上衣，用它在架子和床罩上拍打着，这反而把灰尘扬了起来。

"妈的，净做些表面功夫，根本就没仔细打扫嘛！"

丽子原本就明白这个房间的主人是个女人，但通过哥哥那小题大做的举动，她看到了哥哥对这个房间所持的那种冷酷无情的态度。

哥哥胡子剃得干干净净，头发也梳得一丝不乱，但总觉得骨子里有种污秽不堪的东西。即便对妹妹，他也是装模作样地笑着，丽子很不喜欢哥哥这一点。她完全能够善意地理解哥哥的这种变化，但却感受到了一种接近哥哥的障碍。

"这是怎么回事呢？"丽子心想，"哥哥不管堕落成什么样的人，对我来说肯定还是那个令我怀念的哥哥，可是……"

丽子对哥哥这样一种生活方式几乎没有进行伦理层面的批评，这一点值得关注。实际上，她非常渴望自己被那种小混混似的男人带到三流公寓，这种场景在电影、小说中屡见不鲜，但自己之所以能像这样品味此种场景，也是因为带自己来的人是亲哥哥，想到这一点，她有点洋洋得意。

正当此时，一个女人突然回来了，情况一下子发生了转变。

女人浓妆艳抹，打扮得花里胡哨，一看便知是酒吧女郎。哥哥告诉她说丽子是自己的妹妹，刚介绍完，事情便立刻朝着意想不到的方向发展了。

女人醉醺醺的，面色苍白，她冷笑着，从一开始就赤裸裸地表现出一副不相信哥哥所言的架势，话中带刺，拐弯抹角地责备哥哥在自己不在时把女人领进家门，随后便渐渐提高了嗓门：

"还说是妹妹什么的，真是厚颜无耻！"

接着两人便对骂起来，污言秽语让人耳不忍闻。丽子感到无地自容，正要回去的时候，女人却无论如何不让她走，接着拿出酒硬劝丽子喝，哥哥也自暴自弃地灌着酒，酒桌的气氛变得剑拔弩张。

"是么，你无论如何硬要说她是你妹妹，那也行吧！随你便好啦！你俩关系就是清清白白的喽！无论到哪一步你都要一直坚持说是你妹妹的话，我，我们三个就这样闭门不出，在这里呆上十天十夜好啦！即便这样，是妹妹的话，你也会平心静气，不会对她有非分之想吧？"

"是啊，我无所谓。"

哥哥回答道，但眼里含着怒火，危险地闪闪放光。

"妹妹的话，你应该不会有丝毫坏心眼吧。"女人不依不饶地反复说道，"我弄清楚你对她没什么坏心眼之后就会放她回去的，这会耗相当长的时间呢！"

二人的争吵随着醉意渐浓而愈演愈烈，不知什么时候，丽子听到两人仅就同一个问题在无休无止地争论着。

"是你妹妹的话你就不会想入非非了吧。这么暧昧的事，你说她是妹妹就能证明，很轻松嘛！说这人是妹妹，证据在哪里啊？！你要是户籍抄件寸步不离身的话倒也罢了。"

"我没法子证明嘛。可是，她就是妹妹，所以我没办法！"

"你没法子证明，为什么要我相信你呢？这不是强人所难吗？这种情况要是想证明她不是你妹妹，只要当着我的面睡了她就行了，所以并不难嘛！"

"啊？你是说我们睡一起就能证明不是我妹妹了？"

"那当然。你俩又不是动物……"

"为什么那样你就能知道她不是我妹妹呢？我们即便睡一起了，妹妹还是妹妹嘛！"

"哼，你可真有意思。那样的话我当然就没有道理生气啦！我是因为你们信口开河的谎言才生气的。情况如你所说的话，你们便成了老实人，生气的我只配当傻瓜啦。说什么'即便睡一起了，妹妹还是妹妹'，你们可真是天造地设的一对兄妹啊！"

"我只是说了因为是兄妹就是兄妹，什么天造地设地不设的！嗯？你不信她是我妹妹，无论如何都要认为她是我的情妇吗？是不是这样？那我就随你便好了！但妹妹依然是妹妹，没法子证明！"

二人的争吵令人灰心丧气，酒也喝得昏天黑地，像是醉到不能再醉了。哥哥竟没有抢起拳头，这一点让丽子非常意外。丽子在听他们争吵的过程中，觉得他们是在争论人性那最为阴暗的根本性问题。女人揶揄哥哥，说证明丽子和哥哥两人是兄妹关系的只有政府部门的一纸文书，她的揶揄尖酸刻薄，同时也像是在絮絮叨叨地将枪口对准她自己，严词抨击自己同丽子哥哥之间那经不起考验的肉体关系。在她看来，与兄妹关系这一胡说八道的辩解相比，她不管怎样更愿意相信人的肉体关系，这种嫉妒越是强烈，她越是想同丽子哥哥势均力敌地僵持下去。她不是那种容忍别人以谎言的形式将欺骗糊弄过去的性格，无论如何她都要亲眼看到确凿的证据。

"你以为用谎言欺骗女人的话就可以一直骗到底，我看不惯你的就是这一点！嘴上说'是妹妹、是妹妹'，想装蒜就装蒜到最后，真是讨厌！你俩长得一点都不像，难道不是吗？"

"那你说怎么办吧！"哥哥额上青筋暴起，竟匪夷所思地平静了下来，"你想说我和这妮子当着你的面好好搞一次你就善罢甘休了，对不对？"

"那样我就知足了呀！因为'她是你妹妹'这个谎言就因此烟消云散了啊！"

"即便如此，若没有烟消云散，你怎么办？"

"即便我怀疑，也会就此打住的，因为怀疑起来就会没完没了。"

"那样的话，你一开始就不要无聊地怀疑我，相信她是我妹妹不就得了吗？"

"不行！我讨厌嘴上功夫。"

"那你瞧着！"

二人的对话冗长乏味，丽子感受到一种奇怪的紧张气氛，自己一直像躲在哥哥身后那样坐着，在此期间，她听到"那你瞧着！"这句话，同时就看到酒醉的哥哥转过身来，突然朝自己伸出了手腕。丽子被这一幕吓了一跳，没来得及躲开就被紧紧抱住了，紧接着便是一个绵长热烈，仿佛令人窒息的吻。那是一个非常让人难为情、令人害怕的吻，但丽子瞬间却因那种无以名状的甜美而头晕目眩起来。

"不行！不行啊！"

女人撇着涂得血红的嘴唇笑道，"这样可不行，因为即便是兄妹，也会亲嘴闹着玩嘛！也就是说，你们可真是对光明正大的兄妹啊！不管到哪一步都在胡说八道，谁会信你们！"

醉酒导致了这种逻辑的混乱，这一点也是事实，源于嫉妒的争吵变成了意气用事，女人不知不觉改变了角色，转到了主张丽子真的是妹妹这一边，而哥哥却好像反过来站到了反对这一点的立场上来。

丽子因喝不惯酒而头昏脑涨，对场所的感知已含糊不清，总觉得自己像是走上了一个令人紧张的灯火璀璨的小舞台，所有的一切都是那么虚幻缥缈。

"再来！再来！这种程度的话还只能是妹妹啊！骗人！"

女人用酒杯杯底敲着桌子起哄道。

丽子迷迷糊糊地感到哥哥的手扯开了自己的胸口，哥哥的牙齿轻轻咬到了乳房。叫喊着"再来！再来！"的女人的声音听起来远去了，喝醉的哥哥那如燃烧的煤炭一般的身体，压在了倒下的丽子身上。

三十七

听到这里，一种利己主义式的失望在我心中油然而生，我觉得有必要在此时坦白这一点。

那种失望，是本以为已经探索到潜意识深处的我，却突然意外地被迫面对一个缺乏精妙与神秘之处的现实事件的失望。这个事件乍一看并不存在任何心理或精神要素，只不过是发生了由醉酒和绝望所撩起的一桩丑行。

当然，那绝对不能说是冲动的行为。人不管出于什么情况，都不会因为冲动而轻易做出在他人面前侵犯自己妹妹那样的行为。如果再深入研究一下哥哥的心理，可以认为他对妹妹持有一种扭曲的自虐式的爱，当自己悲惨堕落的生活在妹妹面前暴露无遗之时，这份爱便突然方向一转变成了对妹妹的攻击。这可以说是一种他报复自己的行为吧。

我再次回忆起宾斯万格开创的存在分析为基础的精神病理学，虽说这一学说受到了海德格尔和雅斯贝尔斯存在主义存在论的启发，但根本上仅仅是一种学术性努力。它出现之前的精神分析学极大程度上背离了我们的爱之体验，充斥着科学的偏见。作为对这一点的反拨，我们要再次老老实实地重新回归众所周知的爱之体验的深层，尝试重新审视人。不管什么人说什么，我们都能知道、看到爱是照亮人之内心的闪电，是让内心得以显露的夜晚的青空。

这样一想，虽然绝不能说丽子哥哥的兽行诚然是世上普通的爱的行为，但丽子在这令人恐怖和羞愧的情形之下，并非没有窥见"自我与世界关系的统一"这一幻影。或许正是因为那是种悲惨、戏谑的方式，丽子才相应地有意识或者无意识地感受到自己长期对哥哥持有的那种幻想和爱只能在这一刻实现。

请读者再次回想一下，我在这本手记的开头希望读者牢牢铭记于心的话，那便是"在性的世界中，不存在所谓的适合芸芸众生的幸福"这一法则。

我并非是想说丽子在屈辱与恐惧的深处发现了最为甜美的快感，因为之后在丽子身上并没怎么看到那种顽固的受虐狂症候。只是在那种异常行为的深处，丽子即便感受到了哥哥某种殷切的温柔也不足为奇。她曾经在少女时代被哥哥引导着获得了快感，之后她在内心深处便悄然做好了准备，来应对不突破人类世界之成规就无法抵达的境界之中那种荒谬绝伦的行为。它从一开始就不合常理，所以只能在不合常理的情况下得以实现；它原本就是噩梦，所以只表现于热病的痛苦之中。

她和哥哥两人都知道这种爱是痴心妄想。死亡或者恶作剧，二者中的一种或许便能使这种爱得以实现吧。所以，可以察觉到，丽子也在无意识之中做好了精神准备，她克服了年轻女性具有的那种性洁癖，一定要随时抵达那种境界，为抵达那里，她甚至甘受一切污辱。

从另一方面来看，这就像一种因为太龌龊下流，就经由龌龊下流来达到庄严神圣的仪式般的行为。丽子肯定在那个时候，通过这一兽行感受到了人的性行为与爱的温柔之中潜在的某种神圣不可侵犯的本质。

　　……到了这一步，问题已经漫无止境地偏离了精神分析领域，在弄清楚丽子的性感缺乏症和歇斯底里症的病因就藏在这里的瞬间，我不得不感受到，无论多么不诚实的谎言背后，都会显露出可怕的人性问题。不管是谁经历了她那样的体验，今后都会走上那样的人生，这一点几乎可以说不卜可知。

　　实际上，所谓的神圣和污秽不堪，在"不可接触"这一意义上是相似的，读者之后就可以看到，丽子此时所感受到的无可比拟的羞辱感，很快便转化为神圣的记忆。

　　……

　　丽子几乎想不起来自己是如何逃离哥哥和那个女人居住的公寓回到学校的。

　　Ｓ女子大学的宿舍是豪华套间，两人一间，在门禁时间之前刚刚赶回来的丽子脸色苍白，身体摇摇晃晃。看到这番情景，室友便热心地想要照顾她，反而被丽子严词拒绝了，因此，室友便对丽子实施了那种女人式的温柔的报复：

　　"我今天听到一个奇怪的消息，说是宿管好像注意到你了呀！我听到这个传言真的是非常气愤。那个老处女大声嚷嚷，说来找你的那个人不是你亲哥哥，说你肯定是小混混的女友。还说什么这是教育方面的大问题，即便是作为负责教育正经人家子女的Ｓ女子大学也决不能坐视不管等，现在又不是战前，她这么说就是开历史倒车啊！"

不言而喻，这番话对此时的丽子造成了多么大的伤害。

丽子本以为自己那天晚上会彻夜难眠，但却是整个晚上反反复复地刚进入浅睡眠状态便醒了，不断被噩梦烦扰。第二天丽子感到头痛，怎么都没有心思去上课，但若躺在宿舍里的话，就会被宿管怀疑，加上她又担心哥哥会为昨天的事前来道歉，就勉勉强强去了学校，上课时她也是心不在焉，根本听不进去。

那时恰好快要毕业考试了，丽子每天害怕哥哥会来宿舍找她，但同时对哥哥的到来又有一丝期待。学习的时候，她深受这两种情感的折磨。一天，丽子郁郁寡欢地循着记忆最终找到了那幢公寓的时候，得知哥哥和女人已经从那里搬走了。

这样一来，丽子便对哥哥为何不来找自己这一点大惑不解，事到如今再也无法查明哥哥的住处了，那种不可思议的憧憬之心就再次生根发芽了。

那一夜悲惨的记忆，就这样一点一点发生着改变。丽子虽然多次要自己不去想它，但心中挥之不去的就是这件事。虽然无论什么时候思绪总是会回到那里，但她渐渐开始变得想要清理那里，为拯救自己而尽可能地美化、净化那一记忆。她虽然想将其视作幻觉，但如果视作幻觉的话，就不再是哥哥这个小混混和下贱的酒吧女在酩酊大醉后的争吵过程中侵犯了妹妹这一刺眼的幻觉，而不得不转换为象征性的神圣的幻觉。

于是，酒吧女、哥哥的情妇、那个声音干涩的下贱女人，就成了一个证人，代表着社会上所有的禁忌、责难和挑拨。哥哥是司祭，丽子是冰清玉洁的处子巫女（实际上她已经不是处女了，这一点前面已提到）。在那里将要举行的神圣但却令人恐惧的仪式，并不是只靠丽子和哥哥二人就能完成，无论如何都要在目击者刻薄的目光下完成。

渐渐地，那间狭小的公寓就被视作犹如神殿逼仄的内室那样的空间，神秘之光从某处射了进来，映照着三位登场人物。

哥哥的企图是让这个照顾自己的女人扮演证人，让这个出于对普通男女关系的嫉妒而手忙脚乱的女人亲眼看到那种真正超越世俗之见，立场不同的性之神圣的领域。丽子虽然也在表面上拒绝，但在无意识中看穿了哥哥那存在于酩酊大醉深层的企图，并默许他这样做。就在哥哥的手碰到丽子的裙子，丽子紧闭双眼之时，她闻到了过去虽然天各一方却始终感觉近在身边的，哥哥这个人身上那朝气蓬勃的体味……

证人代表着世俗，用恶毒的目光监视着他们。在哥哥就要侵犯丽子之时，证人即将大功告成，可就在下一个瞬间，这一胜利便土崩瓦解，她产生了"此时此刻，在我面前正要结合的这两人是真正的兄妹！"这样一种直觉。这个恬不知耻的女人也因为害怕而身体哆哆嗦嗦，她接下来惊慌失措地伸手想要阻止二人，但在哥哥和丽子眼里，旁人的世界已杳无踪迹，两人不断沉入了无穷无尽的深渊，将这个女证人远远留在了这个世界。女证人望着深渊的底部，头晕目眩，目瞪口呆，尽管想要阻止他们，但也为时已晚……

这是一种只能在神殿影影绰绰的光亮之中发生的奇迹，女证人回到俗世，不管讲给谁听，都不会有人相信这一切。女证人只能夹在奇迹和俗世之间，变得茕茕孑立。但是，她的角色非常重要，即便没有人相信她，甚至她也无法相信自己的眼睛，奇迹也还是需要证人的。

　　——对丽子来说，自那之后，世间的一切都变得兴味索然。按照常规来看的话，估计哥哥对自己做下那种事深感愧疚而躲起来了吧，但她无论如何都不愿离开哥哥所在的东京。要是回老家结婚了，那就永远失去了与哥哥相见的机会。只要留在东京，或许有一天哥哥一改脏兮兮的样子，就像神灵一般神清气爽地再次出现。

三十八

　　丽子毕业后，尽管父母反对，她还是就职于一家一流的贸易公司，在那里遇上了江上隆一，这一经过正如前文所述。

　　对我来说，另一个疑问便是在对她的精神分析中屡屡出现的剪刀这一意味深长的象征，关于这一点，我的追问也没有懈怠。

　　剪刀在民俗学上作为女人做针线活使用的工具而被单纯地视为象征女性的东西，这一点在我读过的某位民俗学家的著作中也写得清清楚楚。在靠近盐釜的多贺城市的荒胫巾神社，男子之殿供奉着男根象征，女子之殿则悬挂着铁制的剪刀。

　　我现在终于明白了她闪烁其词地不断提及这一象征的意图，她想利用这一象征来让我察觉这个最后的事实。当然，那种暗示并非全是有意策划的，也不是纯粹的无意识的作用，这一点饶有兴趣，在丽子案例上，甚至可以说精神分析学发现了这一点。

　　也就是说，严重的歇斯底里性格，并不仅仅被动地受潜意识驱使，而且在无意识之中还积极地利用识阈①下的象征。这就像无法说

————————————

① 意识作用开始出现及开始消失的界限。

话的人挥动着手帕请求救援那样，她很久以前就一直发出 SOS 信号，但由于我自己笨头笨脑，怎么都无法领会。

所谓剪刀，指的是什么呢？

在此，丽子所说的剪刀这个词，是一种纯粹的物象，超越了精神分析学者所赋予的象征性意义，这个剪刀已不再是日常工具，它诉说着一个令人恐怖的"物"的世界，这一世界从人类社会中独立出来，毋宁说与人类社会对立。

"……情况就是这样。我觉得自己好像终于可以坦率地说说'剪刀'了啊！

"和哥哥做那种事的时候，我心慌意乱，简直快要疯了，那种可称之为仇恨的情感，那种可称之为羞耻的情感，那种可以说是对哥哥强行勒着自己的臂力感到眷恋的情感，我自己也分不清楚。现在想来，那不过是我看到伯母和哥哥偷情之后一直耿耿于怀的情感转瞬间变本加厉而已，我不记得那之后对哥哥还持有其他感情，但那时实在没有这样分析的余地。

"我只是对那个女人恶毒的眼神感到惶恐不安，想着尽快从哥哥怀抱中逃离出来，即便说我满脑子都是这种想法也没什么不妥。

"那时，我被倒剪双臂，全身抵抗，同时头部来回扭动。在这一过程中，一个闪闪发光的东西映入了我的眼帘。

"床旁边有一个固定的书架，上面胡乱地摆放着书啦，小物件之类的，其中，我明白了那个发光的东西就是剪刀。我特意将头转向那个方向，悄悄将手伸向那里。在被按住的右手获得自由之时，我就知道，哥哥只是用身体压住了我的上半身，手腕并没有控制住我的两只手。

"我将剪刀拿在手中，为了不被那个女人发现，我只有些许时间把它藏在枕头下面。房间暗淡无光，那个女人也酩酊大醉，目光被别处吸引了。

"我虽然这样胡乱挣扎着，但唯有头部后面像冰一样寒冷，脑子非常清醒，不停地这样想道：

"好吧，现在就由着他好啦。不过，到最后关头，我就用这把剪刀捅了他！如果我狠下心抢起剪刀，朝哥哥脖颈戳过去的话，他就必死无疑了啊！这样做之后，我也死了算了，兄妹俩就这样都死去的话，那种纯洁的梦想肯定能够和未来联系起来，哥哥和我都能梦想成真了。

"不过，事后想来，这一冷静的思考不伦不类，是行不通的。我如果真的想捅死哥哥，拿到剪刀的瞬间就应该这样做了。

"我的手在枕头下面一动不动地握着剪刀。啊，医生，我最终没能将它派上用场。正因没有使用那把一用就应该可以升入天堂的剪刀，我才坠入了地狱。为什么没有用呢？一想到这一点，我现在仍感觉到浑身冰彻透骨。因为哥哥那粗暴之中也带着一丝细腻的手指的挑逗，我突然想起了小学三年级时的那种感觉，那种令我刻骨铭心，令我羞愧难当但却望眼欲穿地想要在某一天再一次体验的感觉。

"这是多么下流的事啊！我心里这样想着，剪刀在我的指间咔嚓咔嚓地颤动着，隔着枕头，我听到了背叛了自己良心的剪刀那悄悄发出的讨人喜欢的声音。我恨那把剪刀。啊！就是剪刀的错，剪刀没有起作用，才成了这个样子。我将一切归罪于剪刀。一直用手指握着它非常难受，最后我将它轻轻地顺着床滑到了床和墙之间的缝隙之中，剪刀悄无声息地落进了那黑暗的深渊。

"医生，我那时绝对是丧尽天良，变成了一个厚颜无耻的女人！我已经委身于地狱。这不是任何人的错，全都怪那把剪刀！

"从那以后，剪刀就屡屡出现在我的梦中，也与我天真的童年记忆联系在一起，成了总是威胁我良心的象征。您能明白的，对吧？"

……我一口气听完了丽子坦诚的讲述。

这不就是人类真实的告白吗？如果将其疑为谎言，那就等同于将精神分析医生接触众多病人的经历视为子虚乌有了。

"我明白了。告诉我这些难以启齿的事，真是难为你了。"我摆脱了职业意识，也摒弃了消极、伤感的恋慕，感激之情溢言于表，"这样，所有谜团都解开了。你从那以后的经历就是一种执拗的愿望，想要摆脱那一夜的记忆而恢复为正常的女人，想要从地狱中爬出来，对吧？我非常理解你的想法。

"但是，性感缺乏症总是来阻碍这个愿望的实现，这一冲突令你的歇斯底里症雪上加霜。所谓性感缺乏症，也就是一种愿望的表现，即你在无意识中就像是嘲笑自己的意识和意志似的，想要保留与哥哥两情相悦的音乐记忆。

"是的，你听到了地狱的音乐！每次你试图摆脱地狱之音，你的耳朵就变得不愿意听它吧。而且，时而在你的耳中重新响起的音乐，要么悲惨至极，要么神圣得令人惊心动魄，也就是那种只面对与地狱相关的状况的时候啊！或是陪侍在临终病人那散发着恶臭的床边之时，或是将可怜的性无能的男人置于身边之时……也就是说，只有这种地狱般的状况才能将你自己神圣化，并与那时的记忆联系起来，使音乐再次在耳畔响起。世上明快的音乐无论怎样都无法传到你的耳中，这是理所当然的。

"好了，所有解决的头绪都找到了。虽然不能说今天能立竿见影，但我一定要让你的耳朵听到这世间明快的音乐，请相信我！"

虽然这么说，但就连我本人都感到不可思议，为什么自己在没有任何具体方案且没有把握的情况下竟能如此断言呢？

"行吗？今后你在生活中必须完全敞开心扉，心态不急不躁，不再将自己视为怪人。要摆脱地狱的音乐，不能突如其来地难为自己（不然歇斯底里症必定会卷土重来）。而且，也不应该为了听地狱之音去故意破坏别人的人生。"

"好的，谢谢您。"

丽子心服首肯，泪流满面。

"真的是……不知道该怎么答谢您才好，您这么热心地对待我这样的人。不过，医生，您知道，说这些话之前，我一直痛苦万分。从第一次见您一直到现在为止所发生的事，我觉得只有这些是我不想告诉您的，它们源自一种无望的努力和挣扎……不过，我觉得现在能够讲出来真是太好了。医生，这样我今后会幸福吧？"

"这也不能一概而论，还需要几个疗程。总之不能急于求成，慢慢治吧。偶尔也请你接受一下激进疗法。"

"还有比现在这样更高程度的激进疗法吗？"

"或许是有的。但是，现在你就有能力承受这种治疗啊！"

我望着她，心里早已对这个弱不禁风的患者产生了无限的同情和关爱。此时，在我心中，彻底抹去了一切近似恋慕的情愫。现在，我将自己过去一时持有的那种头脑发热的激情全都视为敷衍塞责。

将她送出分析室之前，我让她在此稍稍待了一会儿，去青年隆一那里和他聊了聊。毋庸置疑，他没去看电影，一直在候诊室等着，看到我的身影便紧张地站起身来。

"所有解决的头绪都找到了，她是位非常不幸的女人，远比我想象的还要悲惨。能使她幸福的只有你。因此……你看行吗？作为特例，明天我将她的精神分析内容全部告诉你，因为现在最需要的是你的帮助。但是，这件事也请你务必对丽子守口如瓶。

"也请你向我保证今天不问她任何事情，只需温柔地安慰安慰她，如果你现在仍爱着丽子的话。"

"好的！"

青年斩钉截铁地答道。因为他那简短、可靠的答复，我越发对他青眼有加。

——翌日，公司午间休息时，他慌慌张张地闯进了我的诊所。

"医生，请您即刻告诉我们说好的事情。"

"你先说说，她昨晚情况怎么样？"

"她确实睡得很安稳，像个小女孩一样。我从未见过她睡得如此安稳甜美的样子。"

"那就好。"

我陪他去分析室详谈。女人的直感这东西令人恐怖，从明美领隆一去分析室的态度来看，从对我的应答来看，她以昨晚为界，的确变得温柔热情，满脸洋溢着一如既往的那种公务性的微笑。

青年听完全部经过，非但没有对丽子的过去表现出排斥，而且还流露出深切的同情之色，我越来越相信这个男人是个心胸豁达之人。

"接下来，您随后打算怎么办呢？我也会尽力配合您……"

"找到她哥哥，在你我二人在场的情况下，让他与丽子正面交锋。"

"啊？采取这么危险的行动……"

"尽管危险，但除此之外别无他法。"

"可是，找一个连住在哪里都不清楚的男人……"

"问题就在这儿啊……"

如何从这个一千万人的大都市找到丽子的哥哥呢？我也没有一点方案，但是，丽子哥哥那边不久出现了一个意想不到的机会。

三十九

在我那次决定性的精神分析之后，丽子的生活出现了良好的变化。

至少从表面上来看，她开始了那种小地方出身，正平静地准备结婚的公司女职员那样的生活。那种激情冲动、宛如接连不断的节庆活动那样的生活得以改观。经由隆一介绍，她在一家小公司就职了，在郊外找了家民宿住了下来。不和隆一就职于同一个工作单位，这一点对二人都有利无害。而且，他们恪守我"两人不能稀里糊涂地住在一起，所以应该彻底分开各自生活"的忠告，这一点也做得不错。当然，我的这一忠告之中，并没有暗含丝毫嫉妒的成分，现在的我可以直言不讳地坚信这一点。

丽子发挥出自己弄虚作假、瞒天过海的天赋，不仅仅是在我对她分析治疗之时，甲府市的父母也完全被她牵着鼻子走。也就是说，她在表哥死后来到了东京，迄今已经过去四个月了。在这四个月里，虽然她和青年花井之间发生了那种状况，但她还不间断地给父母写信。

而且，丽子这女孩有一个年龄相仿的朋友，所以她就巧妙地说自己出了些状况，不想让老家知道自己真正的住址，这一冠冕堂皇的借口骗过了同学这个老实人，使她决定允许丽子寄宿她家，经常代丽子收取信件和汇款。而且，为了阻止父母因担心自己而来东京看她，丽子采取了各种措施。关于她在这种事情上的聪明伶俐劲儿，我也叹为观止，但却没有将她这一面告诉隆一这个善良的年轻人。人为了那种自己豁出了全部存在的性实验而能够耍弄一切阴谋诡计，这一点不分男女。但是，这种可以说是为了一种纯粹目的的诡计，未必就能成为此人做事口是心非的证明。这就像玩弄权谋之术的著名参谋官能够做一个好父亲、好丈夫一样，我当然对患者信任有加，甚至到了认为她这种谎言对隆一不会造成伤害的程度，但同时，这种谎言不可能会成为一个材料，彻底否定我想多少保留一些连隆一都不知道的丽子的秘密这一短暂的欲望。

在丽子连续写给父母的信中，总是有这样的套话：

请再让我一个人静一静。现在看到爸爸妈妈的面容的话，我不免又会悲从中来，像是又一点一点地回到原来的自己，那太可怕了。我寄宿的这家人都对我很好，你们不用担心。毫无疑问，我的精神状况逐渐好转，再忍忍就痊愈了。不久，我一定能让你们看到我开心的样子。在这之前，请不要打扰我。我肯定会一直和你们通信的。现在你们坚持来见我的话，事情就会变得无法挽回啊！……接下来关于汇款一事，为了使我的心情保持舒畅，首先要这个那个地在很多方面花钱，请尽可能多给我寄一些吧，拜托了！

东京的父母几乎不会中这种圈套，但在乡下，对女儿这种要求全盘接受的有钱的父母仍为数不少。况且，在丽子的表哥死后，他们对待女儿全然是一副小心翼翼的样子。

四十

　　接下来，必须要讲讲那恐怖的一夜已经过去近三年的现在，我是如何得知丽子哥哥的下落这件事了。

　　实际上，她的哥哥到底在不在东京这一点就很难确定。如果在东京的话，那样一种生活的最后，他会沦落到一个什么样的地方，这一点即便照常理去想也不难想象。但是，尽管没有超乎想象，我只不过是一介微不足道的精神分析学者，就算对人类精神的黑暗面通晓到此种程度，对社会的黑暗面却一无所知。

　　从梅雨季到盛夏这段时间，丽子的歇斯底里症治愈了，时而与隆一一起去泳池游泳，外表看上去像是完全恢复了健康。隆一遵从我的忠告，努力恢复与丽子之间平静的精神之爱（即便丽子被之前那样的焦虑所驱使而主动向他示爱），他也谨慎地尽可能避免与她发生肉体关系。所有这些都行之有效。但毋庸置疑，这样并没有解决所有问题。丽子在这种禁欲的生活中，能够忘记自己性感缺乏症这一固定观念虽然是件好事，但接下来这会让丽子不切实际地幻想着性感缺乏症完全好了，这一幻想会成为下一个固定观念，更何况其后果是，一旦她有机会切身感知到隆一最终并没有完全治愈她的性感缺乏症，那种失落、那种幻灭感，会将她驱赶至更加痛苦的深渊。这一点我很清楚，而且，我并没有对此感到乐观，甚至不相信她会因为这样虚有其表的平静而自然而然渐渐得到治愈……这样的话，我必须尽快采取一些有效措施。

就这样，夏日期间，我与隆一、丽子维持着朋友之谊，当然，关于这一点，明美也没有反对意见。有时我们四个人还一起去看电影，我还是第一次与患者建立这样的交情。明美也完全不再说丽子的坏话，有时甚至还会特意说一些话纠正自己以前的看法：

"那个谎话连篇的丫头，果然是一个内心柔弱的可怜女孩哪！像我这种人，或许是因为一次谎都没撒过，所以也就相应地要强吧！"

我任由她信口说去，但是，甚至不用进行精神分析也能发现，在人类编造的谎言之中，"一次谎都没撒过"这句话恐怕就是弥天大谎。

我再一次感受到，在学问方面，也有新的转机正迎面而来。之前的存在分析方法，虽然看上去确实洞察了人的存在，成功将人学方法和科学方法完美结合在了一起，但另一方面，作为实际上的治疗决定性手段，还多少存在着一些不足之处。也就是说，一旦基于存在主义观点来看的话，因为正常的人的存在也好，异常的人的存在也好，在"达到爱的整体性"这一欲望上是等价的，所以，应该无法像弗洛伊德那样可以反复模仿，一方面设置正常的基准，另一方面设置需要治疗的退行现象。也就是说，它过分地摈弃了科学实证主义的那种铁面无私。

我仔细回顾了丽子这一案例的前前后后，就深深感到在分析到山穷水尽之时，需要某一现实的契机来助我一臂之力。这或许是科学的失败，但我们的患者以各种各样的形式丧失了他们的现实，为了恢复现实，必须要借助某些譬如说电击疗法那样的直接、彻底的现实。这些现实可能就像一种催化剂一般发挥作用，将由分析而暂时分离的元素一下子汇总起来，为了使之成为鲜活的存在而相互合作。作为这种粗暴地进行汇总的前提，透彻的分析是非常必要的，这一点自不必说，问题在于无论多少分析都可以在分析室弄清楚，但最后的汇总分析，却不得不等待那种不知何时才会到来的现实的出现。

……话说在九月一个仍然闷热难耐的上午，丽子突然给诊所打来了电话。

"早上好，我是丽子。"

"啊，你还好吗？"

"托您的福……我说呀，医生，您看了昨天晚上十点五分开始的MFK电视台的纪录片节目了吗？"

"没有。"

"我看了那个就想立即打电话给您，但考虑到太晚了，就忍着没打，今早赶紧打给您。节目叫《山谷生活状况》，取材于上周山谷地区的简易旅馆区的暴动事件。"

"哎呀，你看那种新奇的节目啊！"

"那个节目每周会播一些通常看不到的内容，可是深受好评呢！医生，您不知道吗？"

"是啊，我不知道。"

"通过这个节目，我终于发现了哥哥！"

"啊？"

"电视里有一个瞬间特写，拍到了袭击派出所的那些人的脸部。那确实是我哥哥啊！因为是我亲眼看到的呀！不会看走眼的。医生，我终于找到哥哥在哪儿了。您也在一直找，对吧?"

四十一

　　接下来，为了进入闹事的那个地区，我们反反复复进行了多次准备，怎样准备的在此就不用连篇累牍了，实在是慎之又慎。听说带女人去确实危险，尽管丽子本人去是没办法的事，不过我还是希望明美就不要去了。已经和我们三人抱成团的明美，却怎么都不听劝。

　　"一旦发生异常情况我能保护你。我悄悄带着装了麻醉剂的注射器去，如果有人要伤害你们，我就从后面突然靠近他，'噗'地给他来一针。我扎针的技术有多高超，你是很清楚的呀！"

　　"别想这些异想天开的事了，你老老实实一直跟着就行了。"

　　我和隆一商量后，分头寻找门路，委托一位因在精神分析方面采访过我而交情不错的周刊记者，让他举荐了一位能保护我们人身安全的向导。此人在山谷那里很有威望，信誓旦旦地说他甚至认识一位从过去就一直负责管理民工的老大爷，要寻人的话，肯定能帮忙找到，因为之前就曾经委托过他这种事。就这样，我开始客串社会报道，从风平浪静的研究室出来，机缘巧合要潜入险象环生的人类世界深处。这样一想，将潜藏在人类无意识底层的心灵之危险与潜藏在社会底层的肉体之危险相比较，将潜藏在人性深渊中的恶与盘踞在社会最底层的恶相对照，同时精通那种人之内心的深层和社会的深层，对于我们这些精神分析学者来说或许是求之不得的机会。之所以这么说，也是因为在社会结构的最底层，犹如一个个体内心中的无意识部分一样，在公开的社会上绝不能说出口的欲望会被毫不掩饰地表露出来，无法被法律、社会规范所束缚的最为奔放驰骋的梦也探出了毫无遮掩的面容。而且，那里同时也应该堆积着所有类型的社会性不适应，这也与社会人的梦中盘踞着所有退行现象这一点是相同的。

九月中旬的某一天，我们四人各自乔装打扮，尽可能穿得邋里邋遢，于晚上八点在市郊一家咖啡店集合，在那里与向导见面。

我们首先评价并调侃了各自的伪装。

我穿着蓝色的工装裤和从抽屉深处拉出来的满是皱褶的翻领衬衣，明美也将化的妆全卸了，做工粗糙的黑色哔叽面料的西装女裤搭配了一件灰色的罩衫，我们这一对的打扮，甚至可以说是一对穷困潦倒的时髦艺术家夫妇。

与我俩的打扮完全相反，赛艇队老队员隆一上身穿了件系扣的绉绸衬衣，在腹部那里又缠了个漂布裹腹，下身是灯笼裤配胶底袜，这副打扮一看便知他身强力壮，这样的话，作为一个合格的体力劳动者好像还说得过去，我也觉得自己像是拥有了一个非常可靠的保镖而放下心来。

毫无脂粉气的丽子也将头发束在脑后，身穿陈旧的绿色工作服罩衣，光脚穿着橡胶拖鞋，这种不可思议的美感让我对她刮目相看。她一直以来的傲慢神情已不见踪影，那种天真烂漫的素颜之美中，存在着一种虚无缥缈之感，她看上去丝毫没有失去处女的特征。或许换个思路来看的话，这个如水晶一般性冷淡的女人（也包括与哥哥在一起的那个恐怖的夜晚），可以说自始至终并未被人生和现实所玷污。

不久，我们的向导——一个中年男人到了，向我们打招呼。他也穿得很寒酸，但看上去却极为自然，和我们这帮人矫揉造作的乔装打扮确实不同。

"这么漂亮的小姑娘的哥哥竟然会在山谷，真是难以置信啊！"

他这样说道，接下来建议她戴上眼镜，将这种美貌稍稍遮掩一下。听他这么一说，丽子立刻从衣服里兜拿出一副平光眼镜戴上了，我对她这一举动感到非常意外。

或许在这一点上，她对明美有一份女性特有的、微妙的考量，所以她虽然来时准备了眼镜，但却为要不要戴而犹豫不决。她本人也觉得自己的美貌不戴眼镜的话就无法消减魅力。这么一想，她就担心同是女人的明美也可能会这样认为。

四十二

　　向导摊开地图首先说明了情况，山谷地区左右横跨浅草山谷町的东京都都营电车停靠站和泪桥停靠站，听说与西边那稍稍高档一些，充斥着卖淫女和她们情夫的地区相比，东边则缺乏那种多少能撩人情欲的气氛，是个极为混乱的是非之地。

　　山谷过去是只有体力劳动者居住的"男人区"，现在也变为可称之为暗娼窝子的"女人区"。据说，女人们甚至要去大宫那么远的地方挣钱，但她们肯定为寄生在她们身上的男人所操纵而被剥夺了自由意志。因为落在了无情的男人手上，所以她们冬天终日站在冰天雪地之中，连脚都冻紫了，赚钱少的话，一天就只能得到三个纺锤形面包。

　　我们四个拿迄今为止所遭遇的那种微妙而复杂的性世界与这种生活进行比较，也搞不清作为人的生活哪一种更为悲惨了，恐怕丽子也深有同感。蛮横粗暴的动物性悲惨与另一侧如纤细的蕾丝花边般的悲惨……而且，丽子的命运生来就与这两种悲惨息息相关。

　　我们四个和向导一起坐上了出租车，丽子想到即将面临的情况而显得有些郁闷，隆一将手搭在她肩上温柔地宽慰她。说到明美，在那种对新世界的好奇心驱使之下，她目光炯炯，神采飞扬。自己当机立断进行的实验将如何有效地对人的心理深层发挥作用呢？我只是因为这样一种期待而紧张得身体发抖。

出租车在距山谷相当远的地方停了下来。车一停，我们便三五成群走进了山谷四号街那条非常宽阔的街道。

这天晚上是个阴天，闷热依然没有消去。但是，这一带却出人意料的很少有行人。

"大家不用着急，暂时四处逛逛，暗中到各处看一看。即便如此仍没有找到的话，去见见我的熟人'老大爷'就行。在这里住上一个月以上的人的相貌，老大爷没有不知道的。即便今晚找不到他，再来两三趟肯定能找到！"

向导这么说。他没有先行离开，而是悠闲地走着。这的的确确是对此地了如指掌之人的步伐，他并没有像要办什么事似的火急火燎，而是时而站定，时而又悠哉悠哉地折了回来。街角必定有几个人在站着说话，我们四个人信步而行，偶尔停下来看看周围，所以，我们的样子似乎也没有那么惹人注目。但是，丽子的脸庞还是被那些男人犀利的目光盯了好几次。

奇怪的气味与低垂的阴云一道笼罩着这条街。柳树下小旅馆一字排开，檐灯伸了出来，在旅馆名称上冠以"本店以待客热诚、价格便宜为宗旨"这样的标语，在入口的玻璃拉门上，用红色油漆写着"一晚三百二十日元，双人间一人一百六十日元"之类的文字。

走着走着就到了行人较多的路段，因为有许多醉汉，我们的步子被打乱了，不得不担心自己会不断被他人撞到。来往的行人很容易就可以分成几类：虎背熊腰、显而易见是体力劳动者的男人；形容憔悴、弱不禁风的男人；游手好闲、打扮得仪表堂堂的人。丽子的侧脸像一片白帆那样从这群肮脏的男人中横穿而过之时，不管怎样都备受瞩目。

这些人日常生活散漫，旁若无人地站着闲谈（我确实听到了"我杀了人……"这样的片言只语）。而且，他们衣着轻便，有的缠着绿色的腹带，有的穿着半截袖衬衫……在观察这一切的过程中，不知为何，我渐渐觉得自己正在从事的这种牵扯到文化之末梢神经的工作实在令人生厌。以前我就听说过一个才华横溢的律师因为公款消费被吊销了执业资格，沦落到此地度过了余生。我甚至想象他或许是为了成为这里的居民才故意那样犯罪的。出现在我诊所里的患者，全都是与这种动物性的社会完全绝缘的一群人，可是，如果说丽子在诊所的出现就自然而然将我带到了这里的话，那我觉得丽子就像是为指出我的盲点而从某个地方派来的使者。

"这里的人现在这个时间点大都不怎么看电视，要么躺在被窝里，要么在小摊前喝酒，所以，这样可以在路上碰到无数张老面孔。"

向导一边朝路过的中年男人微微招手打招呼，一边这样说道。

我们感觉不到即将逼近自己的危险，人们看上去好像并不怎么关注我们。路边有卖十日元一份的寿司和乌冬面之类的小摊，一些人就坐在狭窄的长条凳上喝着酒。

在一个关东煮摊位前，有一个将婴儿草率地捆在背上，用杯子喝着日本酒的男人身影，所以理所当然就引起了我们的注意。婴儿大概五个月大，身体斜着从婴儿背带中探了出来，张着嘴睡得正香。男人穿着脏兮兮的白衬衫，下身穿着像是美军旧衣服的卡其色裤子。

他的脖颈看上去纤纤弱弱，身体不像是那种能够经受体力劳动的类型。

"那种男人啊，"向导在我耳边解释道，"就是典型的让自己的老婆出来卖，自己整天无所事事，代她照顾孩子的男人啊！他老婆可怜巴巴地在某个街口站一整天，如果挣得少的话，回到家后甚至不允许尽情地抱抱亲生的孩子。"

男人扭扭脖子，试图要将背上的孩子重新背好。此时，看到那张苍白的侧脸，丽子身体凝固了，我明白了一切。

"怎么可能是他呢……"我小声说道。

"不，就是他啊！"丽子用不容置疑的口气说。

因为马上搭话会让这个男人产生戒心，我们决定暂时跟在他身后观察。隆一和明美也一脸紧张地挨近我和丽子。

男人付完钱后离开了小摊，将手轻轻放在孩子屁股上，颤颤巍巍地迈开了步子。婴儿背带那鲜艳的浅粉色看上去非常寒碜。男人口中念念有词，听上简直不像是摇篮曲，倒像是诅咒之歌。跟着男人踉踉跄跄的脚步，我们四人各自散开，若无其事地跟在后面，他的背影赤裸裸地凝聚着生活所有的丑恶、懒惰和贫穷，在我们四人的视野里令人生厌地晃悠着。他那绕在身后托着孩子屁股的手指又细又黄，头发乌黑浓密，但那种年轻的朝气却丧失殆尽，在他身上任何地方都感觉不到了。他裤子的小腿肚后面有一个很大的划破的口子。

不久，这个男人忽然拐进一个小胡同，我想他是不是就要到住处了。

"不，肯定是买烟去了吧。"向导低声说道。

这个小胡同的一侧是旅馆的背后，开着灯的每个窗户都被围屏板遮挡了一半。围屏板的一部分被裁了一个彩色折纸那样大小的方形，只有这里可以稍稍看到窗玻璃。男人的手摸出一枚十日元硬币伸向了窗户。我们之所以能在远处知晓这一点，是因为一直到将钱伸向窗户，他的动作都是慢腾腾的，宛如皮影戏中的人偶动作一般历历可见。他为了掏一枚十日元硬币，也要在身上找来找去，还晃晃身体，做一些匪夷所思的动作，像是期待卡在身体某处的钱会掉出来一般。之后，他终于摸到一枚十日元硬币，迎着路灯灯光仔细看了看，伸向那个窗口，用钱去敲玻璃。

　　"十日元能买到烟吗？"

　　"十日元能买光牌香烟一盒，外加赠送两支。不过，是用捡来的烟头重新用纸卷成的。"

　　向导这样说道。玻璃窗开了条缝，可以看到一只像是女人的手递出来一盒橙色盒子的光牌香烟和两支赠品。男人一接到烟，便缓慢地取出火柴擦着，将烟点燃。火光中，他那看上去孤寂凄凉且出乎意料地显得高贵的鼻尖浮现了出来。我就在那个时候发现他的鼻子形状千真万确与丽子一模一样，从而倒吸了一口凉气。

　　"哥哥！"

　　我还没来得及阻止，丽子就这样叫喊了一声冲了过去。

四十三

　　哥哥回过头来，一瞬间表情僵硬地凝视着丽子，就在他试图翻身逃走的当口，我们的向导抓住了他的手腕。

　　"你们干什么！"

　　丽子哥哥气势汹汹地大叫道，但是，一看到向导那张和颜悦色的脸，他便立刻垂下了头。我们再没有比此刻更能感受到这个温和的头面人物的威望了。

　　"我们并不是要对你怎么样，只是因为你妹妹说想要见见你，就来找你罢了。这几个人是你妹妹的医生，你大可不必担心。"向导说道。

　　说话期间，与其说我关注丽子哥哥寒碜的样子，倒不如说我最大限度地将自己的注意力用来观察丽子的反应。

　　丽子乍一看平心静气，非但没有潸然泪下，甚至没有表现出一丝感伤的情绪。她在背着婴儿、衣着寒酸的男人身上发现了哥哥的面容，从那时开始，到突然朝他喊了句"哥哥"为止，我能够想象得到她内心那种非同寻常的挣扎。或许其中有虚荣，有幻灭，也有同情和厌恶。鼓起勇气叫一声"哥哥"的时候，应该说她自己朝着问题的解决迈出了果断的一步。

但是，还有一点我大惑不解，她接近哥哥的方式之中，存在着一种极为非情绪性的东西，对此我有些惴惴不安。

"你为什么要来这种地方？而且，你一个人来也就算了……"

哥哥一边用一只手向上托了托背上的婴儿，一边眼神阴郁地四下打量着我们说道。于是，我也不得不发话了：

"我是医生，这位是护士。出于职业需要，无论如何我们都必须要紧紧跟着你妹妹。接下来这位是……"对如何介绍隆一我有点不知所措。

"这位是江上先生，我的男朋友。"

丽子反倒是落落大方地向哥哥介绍了隆一。

哥哥眉宇之间露出一丝不快，朝隆一看了看，接下来却对着我像是责备似的说道：

"丽子究竟得了什么病？"

"心脏方面的。"我睁着眼睛说瞎话，"病情好像并不需要您担心，但由于她无论如何都不听劝，坚决要找哥哥，于是我们便出于自己的职责跟过来了。情绪激动对患者来说是大忌，不能在任何事情上让她不安和受刺激。"

我甚至考虑到将来有可能会发生这个男人威胁丽子的状况，就提前叮嘱妥当。

"是这样啊。那么，需要我做些什么呢？"

"这个请您问问您妹妹。"

"我，无论如何都想去哥哥家里说。"

"说到家呀，希望你们说成是邸宅。来吧，这样的话大家一个个

212

都来吧！有 R 先生的介绍我也没什么可说的。"他低声下气地抬头看着向导的脸，又附带说了一句："但是，要是大家坐不下，我可管不了那么多啊！"

从这一最初印象来看，无论是那张未老先衰、带着阴沉古怪的猥琐神情的秀美面容，还是那沙哑下流的嗓音，那虚张声势、死气沉沉、逆来顺受的态度，我都觉得丽子的哥哥是一个一无是处的浑蛋。他与丽子心中如此这般心驰神往的哥哥判若两人，那吊儿郎当的走路方式也好，背着婴儿的可怜兮兮的样子也好，一想到这些或许足以颠覆她的幻想，我就觉得有一种满足感。在慢慢悠悠走在丽子哥哥身后的同时，我在隆一耳边窃窃私语，和他聊了自己这一感想。这个乐天派青年不习惯说悄悄话，他用那过于洪亮的声音这样说道：

"这样我就放心了啊！丽子也会大梦初醒吧。"

但是，我感到所有的一切应该不会进行得如此顺风顺水。虽然丽子直面现实是好事，但丽子从这些现实中选择了什么这一点尚不明朗。

——我们一行人跟着向导和丽子哥哥进入了一栋简易旅馆，进去之前，向导也在服务台那里费了许多口舌，他时不时朝我们这边张望，在交涉上花了不少工夫。实际上，如果这是家一流酒店的话，只要穿戴整整齐齐，不管哪里来的阿猫阿狗都可以大摇大摆地走进去。但是，这是一种将穿着视为衡量人之价值唯一标准的愚蠢想法，或许可以说，像山谷的旅馆那样仅凭穿着怎么都不相信人的服务台的做法才是极为合情合理的。

争论到最后，我们终于可以进去了，但坐在明亮的服务台里的那个彪形大汉闷闷不乐，对我们不理不睬。上楼的地方一面是套廊，紧挨着墙，墙上的钉上挂着扫帚。旅馆看上去像是崭新的，连木构架都灿然一新，整体给人一种非同寻常的洁净感，但过道的墙上贴满了抢劫杀人犯的通缉令和寻找离家出走者的寻人告示，那些表情阴森恐怖的照片一个挨一个排列在了一起。

另外，还可以看到诸如"洗浴者请在十点五十分之前洗完。为了节约用水，十一点关闭浴室。——房东"这样的告示，以及告知警察厅乐队演出、福利中心电影放映会等各种活动的油印图表。

"来吧，这边请！"

哥哥懒洋洋地说着，率先走在一个个用木框围成的卧室之间，每个木框之中各有一个躺着睡觉的人，他们对我们毫无兴趣。我们听到二楼的一个男人在使用喷雾器喷除虫剂的声音，那种刺鼻的气味扑面而来。

"果然是有虫啊！"

明美就像打了胜仗般昂然自得地说道。她从刚才开始就为旅馆内部也好，睡下的人盖的被子也好，对看上去大致还算干净的地方吹毛求疵。她那听上去暗中窃喜的低声细语之中，可以清楚地察觉到她为自己发现了丽子与这种地方有着私人关系而感到难以形容的兴奋，并因此完全原谅了丽子。

哥哥住在这些合租房里面的一间单间。即便说是单间，也只有两铺席大小。我们听从了把鞋脱在玄关会被偷走的忠告，不得不一进房间就将各自拎在手中的鞋子摆放在里面的飘窗处。向导去服务台聊天去了，除了丽子哥哥，这个房间的客人就我们四个人，但是，这个两铺席的房间铺着常年不叠起的被褥，我们无论怎样脊背靠墙而坐，膝盖还是会碰在一起。

墙上贴着皇太子夫妇身穿燕尾服和袒胸礼服迎接外国元首的彩色照片，照片下方是一个带有小搁板的壁挂镜，搁板上放着女用梳子和美甲工具。一看到这些，就会发现这里显然还住着另一个人——婴儿的母亲，对面的墙上还挂着一件水珠图案的连衣裙。

"睡得真香！"

丽子哥哥慢慢解开婴儿背带，将婴儿放在了被褥上。这个婴儿面带菜色，营养不良，也可能是因为担心，不仅是我，明美也不由自主地出于职业习惯伸出了手，但我们的手被冷冷地挡开了。

"咱的儿子，你们一根手指都不要碰！"

在当时紧张的气氛中，我只是一味地关注丽子的反应。丽子在墙边身体缩成一团，眼睛直勾勾地盯着一声不吭地横躺在大人们中间的婴儿。

一想到这个瞬间，我现在都无法拂去那奇怪的印象。之所以如此，是因为我联想到了描绘基督诞生于马厩的画作。这里也如同那个马厩一般狭小逼仄，臭不可闻，作为人以及刚脱离母胎的婴儿的住处，是最为寒碜和丑陋的地方。犹如中世纪色彩浓烈的装饰画那刻意的构图一样，描绘基督诞生于马厩的画作将马厩描绘得极为狭窄，将人物满满地配置在这狭窄的地方。与这种绘画手法相似，我们就像是圣母和一无所知的基督之父约瑟、东方的三个博士和天使们那样，凝视着这个干瘦的婴儿。而且，替代那种神圣之光的裸灯泡的亮光一无遮拦，照射着这个两铺席房间的各个角落。我们并不是在合掌参拜这个婴儿，但至少我期待着在科学穷尽之处有一种神秘力量。与此同时，我打量着丽子那冰清玉洁、毫无脂粉气的脸庞和婴儿的睡颜。丽子已经摘掉了眼镜，美丽而热烈的目光一直凝视着婴儿，婴儿虽然绵软无力地沉睡着，但眼睑在微微颤动。

这里是人类世界的最底层，这一点众人皆知。环境似乎像马厩一样有跳蚤，明美的双腿在裙子下面不断抖动着。丽子真正在此发现的东西是什么呢？这个由于关注性行为而不断伤害自己的女人，就这样具有一种将丑陋之物转变为神圣之物的不可思议的力量，这一点在之前她的表哥临死之时也感觉到了，但我还是头一回身临其境处于她在现实中使用这一力量的场所。

"你想问我什么？想问的事我全部告诉你，所以今后一概不要打扰我了。"像是抗拒大家都在场的这种奇怪氛围一般，哥哥歇斯底里地开口说道，"我靠什么吃饭你大概也知道吧。一个男人既然这样子照看婴儿，整天无所事事的……"

"也就是说，这个婴儿的妹妹在挣钱养家，对吧？"

"啊？"

丽子注意到自己失言而羞红了脸，她羞愧的样子与这种细微的语误极不相称，简直就像是自己说出了世界上最为下流的话语那样。接下来，她非常笨拙地这样重复道：

"也就是说，这个婴儿的妈妈在挣钱养家，对吧？"

我因为这奇怪的语误立刻去看丽子的表情，但却没能明白她的意思。哥哥满不在乎地接着说道：

"哈，不论冬夏都在街上站着呢！现在也是，地方我不能说，但应该是相当远的地方，在街口站着呢！"

"啊！"

丽子眼中泛起了泪花。当然，从哥哥的话语背后，她看到了这个让妻子做站街女，自己却游手好闲的男人的绝情，从而因同情他的妻子才流下眼泪的吧。但我还是第一次看到丽子如此直率地因同情别人而哭泣的场面。

"啊啊，真可怜，真可怜哪！"

丽子突然弯下腰，将自己的脸颊贴在婴儿的脸上磨蹭着。这次哥哥没有阻止她，婴儿被惊醒了，那细若游丝的哭声充满了这个两铺席大小的房间。

——突然，我为自己作为一名精神分析医生直到现在才察觉到丽子语误的意义这一粗心大意而深感羞愧。正如弗洛伊德的《日常生活的心理分析》一书中也强调过的那样，语误有时可以将压抑的根本原因瞬间暴露出来。

为什么丽子会将应该说成是"婴儿的妈妈"的部分错说成了"婴儿的妹妹"呢？在此，出于对孩子"妈妈"的嫉妒，她故意将"妈妈"和"妹妹"调换，"妹妹"即丽子自己就上场了。而且，这一点体现了她那种希望自己才是孩子母亲的愿望。现在想来，从认出哥哥身影的那一刻起，与其说她关注哥哥，倒不如说她频频被婴儿吸引了注意力。我当初对她这个样子感到非常奇怪，但毋庸置疑，在这一点上，看到并非自己所生的哥哥的孩子这一幕，很明显是她当前受到的最大的精神打击。

即便在最后那次分析中，我也没有最终说破，丽子真正的愿望就是生下哥哥的孩子。从和哥哥做下那种丑事的那天夜里开始，她的恐惧和期盼就互为表里，集中于生下哥哥的孩子这一点上。这一愿望一直盘踞在她的内心深处，而且，意外怀孕的担心消失之时，内心恐惧就减弱了，唯有期盼变得强烈起来。她性冷淡的原因就在于此，在于一种不安，担心自己要为其他男人生孩子而不能为哥哥生孩子。因此，这就成了一种表面上表现为妊娠恐惧的性冷淡。由于丽子将精力充沛、身体健康的隆一作为交往对象，所以不管怎样都摆脱不了这种不安而获得慰藉。在那之后，她面对濒死的病人与性无能的青年之时，就可以轻而易举地听到"音乐"，之所以如此，是因为她觉得完全不用害怕怀孕，从而可以永久地为哥哥空留着子宫。

丽子在乱伦之爱中想要生下哥哥的孩子，这一愿望由于其反作用，同时又意味着"为了将哥哥自身迎入自己的子宫而将这个子宫空留着"这一愿望，这在精神分析学上是一个浅显易懂的逻辑归结。那时与哥哥做下的丑事，实际上有着特殊的含义。因为这是一种在世人看来骇人听闻的行为，所以对丽子来说才成了一种最为神圣的记忆。

顺便说一下，对歇斯底里症患者来说，这种神圣性大都隐藏着复仇的观念。妹妹对哥哥的爱在一夜之间被强行消解于那种兽行之中时，她的潜意识在这一点上企图在向哥哥复仇：

"好吧，我一定要生一个哥哥的孩子出来！"

在这一决心之下，凝结着一种带有神话特征的恶意：

"好吧，我一定要在某天将哥哥变成矮小的婴儿塞进我子宫里去！"

这才是丽子所有症结的核心所在啊！而且，这一观念将其他许多观念引向了反常的形式，使她将"与哥哥发生性行为而导致怀上哥哥的孩子"这一观念与纯洁这一观念同等对待，认为只要守着这一观念，就可以永远是纯洁的。在丽子产生这种怪念头之时，她的性冷淡就开始了。同时，丽子甚至相信"没有原罪的母体"这种说法。要说缘由，那是因为妹妹生下哥哥这种不合逻辑的母体就必须是没有原罪的。

刚才，丽子在被人围着，目不转睛地凝视着婴儿的时候，脸上平添了一种圣母般的圣洁，这一点也并非偶然。

但是，她竟会因为语误而满面通红！面红耳热甚至到了不自然的程度。那时，她正视到了自己身上那种最为神圣、最为忌讳的怪物般的奇异本质。

看到这一本质的她就不再是原来的她了，习惯了自由联想法的丽子，通过我在她口误后看她的一个眼神，了解到了我看透了直至她无意识最深层的一切。

我所期待的缘于现实的冲击以及基于这一冲击而进行的治疗，的的确确就指这个。但是，能够获得这些完全是侥幸，偶然性发挥了百分之九十的作用。这一点上，我丝毫没有夸功自大的意思。

首先，我觉得如果来山谷的简易旅馆街能找到丽子哥哥的话，现实就可以当场对她施加某种强烈的影响。没想到在这种模糊的期待驱使下我所做的，竟然会是这样一种结果——实际上给她强烈影响的并不是丽子哥哥本人，而是被粉红色背带胡乱绑在哥哥背上的婴儿！

接下来，在那里发生了什么事呢？

丽子当然知道，自己承受着那样的肉体痛苦和精神痛苦，为了哥哥和自己的纯洁而一直维持的性感缺乏症，现在完全是一种徒劳。那些全都是劳而无功的辛苦，可以说是明日黄花。之所以如此，是因为用不着她生，哥哥的孩子就已经在这里了，这是她素不相识的一个站街女生下的孩子，丽子根本就没有插足的余地。哥哥的人生完了，他失去了过去的朝气，沉入了人生死气沉沉的底层，让妻子做站街女，在这期间有了孩子，自己就将孩子作为要挟条件来牵制妻子。丽子在他身上也就无法找到成为她梦想的种子那样的东西了。

可能她在某种意义上也安心落意了吧。

"这样就行了呀！哥哥也有了孩子。因此，我已经没有为哥哥生孩子的义务了啊！"

这或许会被认为是一个奇怪的逻辑，但对她来说，确确实实是一个解决了所有问题的正确的逻辑。

丽子第一次恢复了内心的温柔，为哥哥，为婴儿，为那尚未见过面的哥哥的妻子，进而为自己，洒下了同情的泪水……

……丽子缓缓地用手帕擦了擦泪水后，就将自己准备好的装钱的小包塞到了被褥下面，接着她站起身，示意我们一行人离开这里。

"那么，哥哥，我不会再来了，你多保重啊！"

"你也要注意自己的心脏啊！"

哥哥说道。他眉开眼笑，露骨地表现出收到钱后的喜悦。

"能再见到你真高兴，这样我也就放心啦。我决不会告诉家里的，所以你不用担心。"

"啊啊，千万别告诉他们啊！"

兄妹二人紧紧将手握在一起，但丽子脸上已分外明朗，泪痕全无。

我们一行人走出旅馆，相互之间没怎么说话。不久，我们走出了山谷的街道，也告别了热情的向导。

我快速走到隆一身旁，边走边在他耳边低声说道：

"今天晚上就这样带丽子到某个地方住下吧。你俩都穿得这么邋遢，去三流小旅馆之类的地方住一晚就行了。我可以断言，今后肯定会进展得很顺利。丽子今天晚上已经痊愈了，不会再犯病了。以后就只需用你那温柔且男子汉般的宽宏的爱一步一步引导她了。"

"真的吗？医生，多谢您了！"

隆一并不是一位在这种情况下优柔寡断的青年。我们这两对在下一个车站分开了，丽子用目光朝我轻轻致意，那样子是在告诉我她自己也知道我已经明白了一切。

一切就这样尘埃落定了，至少我对此深信不疑。当然，预后我必须恪尽职守，治疗会经过全方位考虑，最后将大功告成。

我沉浸在难以言喻的成就感中，两条腿不停地朝前走着，明美一直默默无语地跟着我，没有对我说"不坐出租车吗？"之类的矫情的话，她这难得一见的细心令我心满意足。

我破天荒地起了怜香惜玉之心，自己这样说道：

"你累了吧？咱们就拦辆出租车吧？"

"好的，医生，您请自便。"

明美用那果断、冷静且令人心情愉快的接待式的声音说道。

四十四

　　人的精神是一个越是深入研究越会觉得莫名其妙的领域，它由那种极端的反差构成，但总是在追求一种规规矩矩的秩序。而且，如果没有追求这一秩序的热情，也没有由这一热情所产生的纠葛的话，也就不会产生神经官能症，这一点是自明之理。

　　通过丽子这一案例，我观察到了表露与阻碍、乱伦与纯洁、精神与肉体以及人类其他相对立的构成要素那戏剧性的组合，也长了不少见识。我们这些学者认为，以一种没有偏见的精神来接触一切就是科学工作者的态度，但在分析治疗上，在某种情况下也会利用偏见。特别是在精神分析进行之中，针对分析医生的移情开始产生之时就是如此。

　　牺牲全部的客观判断之后才获得真实，即所谓的"进入虎穴，取得虎子"是一项危机重重的工作，我们的主体几乎与患者的主体完全重合在一起。在对丽子这一案例研究的过程中，我虽然是男性，但也屡屡觉得像是切身体会到了那种得了重度性感缺失症的心理。

　　但是，唯有那决不灰心气馁、决不半途而废的意志才是精神分析医生和患者之间最起码的签约条件，也是至高无上的联系，这是比恋爱更为纷繁芜杂的工作。

　　我忘了说了，那之后，丽子和隆一琴瑟和谐，半年后，查明所有情况后就结婚了。那天晚上在山谷分别之后他们整整一周都没和我联系，不知我是多么着急。过后才弄清楚没联系是因为隆一性格太腼腆，丽子也开始变得怕羞了。他们别说来我这里了，就是给我打电话都会觉得不好意思。

　　从那天晚上起过了一周，隆一终于和我再次联系，联系方式实实在在是一种单线联系，也就是电报。电报上只是言简意赅地这样写着：

　　　音乐响起，绵绵不绝。隆一

参考文献

古泽平作,《为了理解精神分析学》(『精神分析理解のために』)

西格蒙德·弗洛伊德,《歇斯底里症研究》(*Studien über Hysterie*)

威廉·斯特科,《女性的性冷淡》(*Die Geschlechtskälte der Frau*)

卡尔·兰塞姆·罗杰斯,《当事人中心治疗》(*Client-centered Therapy*)

梅达特·鲍斯,《性变态的意义与内涵》(*Sinn und Gehalt der Sexuellen Perversionen*)

艾里希·弗洛姆,《爱的艺术》(*The Art of Loving*)

卡尔·梅宁格,《一位心理医生的世界》(*A Psychiatrist's World*)

三岛由纪夫
音楽

图书在版编目（CIP）数据

音乐 /（日）三岛由纪夫著；兰立亮译 . 一上海：
上海译文出版社，2023.7
（三岛由纪夫作品系列）
ISBN 978－7－5327－9235－1

Ⅰ.①音… Ⅱ.①三… ②兰… Ⅲ.①长篇小说－日
本－现代 Ⅳ.①I313.45

中国国家版本馆 CIP 数据核字（2023）第 110326 号

·

音乐	[日] 三岛由纪夫 著	出版统筹 赵武平
		责任编辑 董申琪
音楽	兰立亮 译	装帧设计 柴昊洲

上海译文出版社有限公司出版、发行
网址：www.yiwen.com.cn
201101 上海市闵行区号景路 159 弄 B 座
启东市人民印刷有限公司印刷

开本 890×1240 1/32 印张 7.25 插页 2 字数 94,000
2023 年 8 月第 1 版 2023 年 8 月第 1 次印刷

ISBN 978－7－5327－9235－1/I·5750
定价：45.00 元